U0164302

新詩讀寫基本法 增訂版

陳永康　著

匯智出版

目錄

謙卑的挑戰 —— 序《新詩讀寫基本法》...............梁志華　　v

前言... xiii

1. 一語雙關 1

2. 兩個畫面 13

3. 信手拈來 25

4. 散點聚焦 39

5. 比擬抒情 59

6. 敍事抒情 71

7. 神秘戲劇 87

8. 鏡頭變換 101

9. 熟悉陌生 113

10. 古為今用...127

11. 散文詩篇 139

12. 隱題遊戲 151

附錄：作品引錄一覽表 165

後話 167

「增訂版」後記 171

謙卑的挑戰

──序《新詩讀寫基本法》

低調的「聞名」

記得第一次終於見到陳永康，是在零三年的春夏之間。

那時候，「沙士」纏繞香港已經好幾個月，惟一群又一群的中學教師，在學生停課之餘，自己並沒有停下學習的步伐，默默趕到九龍塘的香港城市大學，參加由教育當局主辦的「新詩教學工作坊」。我們都說這一次的規模是「空前」的，因為報名人數之多，要足足八個教室才可以容納呢。

惟讀詩的聲音總是微小而動人的。我記得，在我們的教室之內，一位女學員以低迴的普通話，輕輕唸出中國現代作家林徽因的情詩；而香港著名詩人飲江的代表作〈飛蟻臨水〉，則由在場的每一個成員，以一人一句的方式接力讀出。或許，這就是優秀文學作品自然具有的力量吧，一群本來是素未謀面的人，在閱讀的過程中，彷彿就由一條隱約可見的絲線聯繫起來（是詩內流露的三代親情嗎？），以至我們每一個人都可以一同進入詩作的情景：「我們圍攏╱唯一的光源裏╱飛蟻蓬亂紛飛╱我們一家子的眼睛╱水紋上莫名地閃╱莫名地笑」。

我們戴着口罩，一口氣閱讀大量中外詩人的優秀作品，或許並不是最大的困難，反而在一周後的第二節課舉行之前，得提交個人的詩作，這對部分學員卻可能是全新的挑戰！

誰說香港教師不會寫詩呢？——我記得，一位女學員借助中國民間山歌的節奏，於課堂上誦讀自己的新作，歌聲彷彿久久仍然迴盪於幾個山峰之間；另一位則受到東西方智者箴言（陳列於貫通地鐵商場至大學入口的走廊內）的啟迪，於個人的詩作中流露機智的幽默。這位男士更於唸完作品後分享：自從大學畢業之後，放下詩筆已經很久了，惟經過這一次的工作坊，他有信心自己將再次提筆。

最後，新聞報道說，我們終於可以解下口罩了！那刻我見到的，是教室內各位學員重新展現的寬慰，還有略帶疲倦而滿足的面容⋯⋯

我相信，在其餘七個教室之內，閱讀與創作帶來的喜悅應該同樣實在。

這時候，朋友為我介紹，眼前這一位剛在隔鄰教室完成分享校本經驗的高個子男士，就是陳永康老師。

啊，他就是陳永康！

事實上對他的名字我又怎麼會陌生呢？因為每一次談到在中學校園推動新詩閱讀和創作的代表人物時，幾位我欣賞的文學界前輩或大專學者，總會舉出陳永康的名字。

後來我才知道，原來陳老師在校內，持續指導學生出版

《創作集》已經超過 40 期，時間長達十多年。[1] 因為得到他的鼓勵，學生積極投稿詩刊和參加各項徵文比賽，還有在校內大大小小的文學活動（例如：「隱題詩創作比賽」等），我可以想像校園內的文學創作氛圍是多麼豐富而活潑！

有趣的是，陳老師本人反而好像有意或無意地盡量低調，以致我們甚少在報刊的校園版或電子媒體內見到他「曝光」。

工作坊與教案

不久，我終於有更多機會，出席由陳永康獨挑大樑主持的文學教學講座，我發現無論是對散文（例如：香港作家黃仁達的〈閒偈〉）或新詩（台灣詩人洛夫的〈剔牙〉）的作品，他總有個人獨到的閱讀體會，更難得的是，他能夠靈活運用相應的教學方法，設計具體的學習活動，供其他同行參考。

既然我開始從事語文教學支援工作，得為每年重點的教師專業發展活動，物色既懂新詩創作，且兼具豐富教學經驗的主持，那我又怎麼會輕易「放過」這位理想不過的人選呢！

終於，在零七年的秋天，陳永康答允為我工作的部門，主持一連兩節的「新詩創作教學與評估」工作坊。

---

1 詳見《創作集——四十期作品薈萃》，香港：香海正覺蓮社佛教梁植偉中學，2009 年 1 版。

在接近半年的聯絡和籌備過程中，每隔一段日子，我就會定期通過電郵接到他的設計構思、選讀作品、評改示例、示範教案等。收到我的回饋意見之後，他又總會不厭其煩，斟酌修改，依時給我送來更完備的定稿。

只是，這一次他好像要向更大的困難挑戰——竟然希望屆時參與的教師，即場合作設計新詩教案！

不錯，由陳永康撰寫的教案水準都很高，我相信那是他積累多年的探索經驗，加上反覆修訂、優化才有的成果。要教師在短短約兩小時的工作坊內分組完成教案，有可能嗎？

其實我心底的擔憂，是部分參與者可能從來沒有教授新詩的經驗。

或許我根本就不應該小覷主持的功力和與會教師的創意吧，第一節工作坊舉行完畢時，出乎意料地，一個又一個的教案就陸續送到我的手上；部分組別未能即時完成的，則在後來藉電郵補交：一、二、三……整整共十多個新詩教案——無論是北島的〈日子〉，抑或是余光中的〈過獅子山隧道〉，還有鍾國強的〈福華街茶餐廳〉等，各個教案容或進路相異，惟都在在顯示，每一位參與的教師從此對「教詩」的信心和能力！

從教案到成書

陳永康撰寫的新詩教案，大部分都發表在由香港中文大學「中國文化研究所・吳多泰中國語文研究中心」出版的《中

國語文通訊》內，[2] 惟我當日在不同書店搜集時都花了不少
的時間和氣力，考慮到每一本期刊總有它的時間和讀者接觸
面等限制，既然陳永康已經積累一批獲公開肯定的新詩教學
成果，我於是冒昧向他提議：倘若將作品繼續發展和結集成
書，供更多教育界同行、學生等讀者參考，那不是將發揮更
大的效果嗎？

想不到陳永康只考慮了一段不長的時間，就毅然接受挑
戰，默默把過去的稿件重新修訂和改寫，不多久就完成多個
自成系統的新詩教學專題。

他很快就得到出版社的正面回應，我很高興知道，屬於
陳永康的第一本新詩教學專著，不久就會面世。

一隅的啟發

或許有人會問：關於新詩的參考書刊已經汗牛充棟，[3] 讀
者還需要多一本相類的作品嗎？

以上的描述可能大致符合台灣與內地的出版現象，惟根
據我辦書店、逛書店和搜集此類圖書的經驗，發覺現實的情
況是，上述書刊最終不一定可以到達香港讀者的手上（因為涉

2　例如：陳永康：〈一語雙關學寫詩〉，載《中國語文通訊》，第 78 期（2006 年 6
　　月），頁 11-17；另外，〈一次新詩寫作練習〉，載《中國語文通訊》，第 72 期
　　（2004 年 12 月）；〈一堂閱讀課〉，載《中國語文通訊》，第 69 期（2004 年 3 月）。
3　例如下列網址內頁 4 的「參考書目」：http://cd1.edb.hkedcity.net/cd/
　　languagesupport/activity/chinese/52_20071102_20071116/downloads/
　　section2_handout.doc（2009 年 10 月 7 日下載）。

及代理發行、書店進貨、預計銷售額、網上訂書的運費等問題），而它們所選用的亦多為台灣或內地詩人的作品；至於香港，現有的同類出版物則大多以「導讀」、「賞析」為主，集中探討新詩「創作」教學方法的，所佔的比例仍然偏低，面對這個出版的空隙，有心、有力且有遠見的出版人和作者，可以發揮的空間仍多。

事實上，作者通過此書向讀者示範，新詩創作的「入門」方法，正正可以由「填空」開始──與其拋出大量抽象術語而不提供嚴謹定義或實例以唬嚇初學者，不如就借用師生最熟悉的「填充遊戲」，令所有參與學習活動的師生，都可以輕鬆寫成自己的「第一首詩」，親身體驗寫作的愉悅！⁴

當然，倘若我們都同意，創作應該由紮實的基本功──「閱讀」──開始，那亦可以參考作者的方法，嘗試在讀詩的過程中，以圖表協助整理詩作內的資料和信息，⁵再根據整理所得，進一步歸納出有理據的結論或解讀的方向。原來，掌握這一個具體、可行的分析方法之後，讀者跟「詩人」的距離可能又拉近一大步呢：「如果說作家、詩人能人所不能，寫出許多動人的篇章，那可能是他們懂得把握生活，並從千姿百

4　詳見本書第九章「熟悉陌生」內，作者就〈水與冰〉所設計的「寫作」活動。部分著名作家，亦曾經在詩作中挪用「填充題」的方式（例如台灣詩人鴻鴻的〈超然幻覺的總說明〉，見鴻鴻：《黑暗中的音樂》，台北：現代詩季刊社，1993 年 1 版）。

5　詳見本書第四章「散點聚焦」內，作者就〈四月十二日中午，淮海中路〉所設計的「閱讀」活動。

態的生活中，歸納出生活的規律，以至道理來。」[6]

作者舉重若輕，於書內不同單元均觸及詩的要素或特質，例如對於意象和「圖像思維」，作者充分發揮他懂畫、擅畫的專長，輕鬆借助圖像的方式拆解詩作的內涵；[7] 至於「逆向思維」，則暗藏於他所介紹的「反向思考的聚焦手法」。[8] 要是細心的讀者對「閱讀策略」或「教育理論」較為熟悉，那他們自然可以發現，作者不著痕跡地，於書內靈活化用相關的理念。[9]

惟我印象最深刻的，還是作者對讀者（特別是初學新詩者）的忠告：「我一向勸人讀書、讀詩，要選名家作品、『名牌作品』來讀。」[10] 我想上述心得，必定綜合自他多年以來，協助學生建立品味、提升閱讀能力的親身經驗，怪不得我曾經親睹陳永康所任教的一班中一學生，經過短短一堂的學習之後，已經可以初步讀出王良和名作〈賣菜的老婦〉的深意。因此我很有信心，讀者通過此書介紹的各項有效的方法，必定有機會發掘詩作的「弦外之音」[11]。

6　見本書第四章「散點聚焦」第一段。

7　詳見本書第八章「鏡頭變換」內，作者就〈佳木斯組曲・之一〉的示範分析。

8　詳見本書第四章「散點聚焦」內，作者就〈分裂〉一詩的討論。

9　例如：第一章「一語雙關」內，作者引導讀者藉創作〈試場如戰場〉，聯繫個人的舊經驗（以往學習杜甫〈兵車行〉的所得），最終產生「智結」、「智略」（schema）等新知識、新智慧。

10　見本書第九章「熟悉陌生」。

11　詳見本書第九章「熟悉陌生」內，作者就〈水與冰〉一詩的分析。

延續的思考

作者很細心，在全書最後的附錄部分，羅列詳盡的索引書目，供有興趣的讀者進一步研究，開拓更寬廣的視野；同樣，作者於此書的初步探索，亦可以帶給讀者更大的延伸思考。

「詩是文學最高的表達形式」、「詩人比其他文類的作者都要偉大」，……種種漂亮以至響亮的口號，或許資深的讀者已經不感陌生。惟叫我動容的，反而是低調的教育工作者如永康，在學詩、寫詩、教詩和修訂此書的過程中，不斷反思，默默地自我挑戰。

是的，讀詩、寫詩的最大價值，或許是令人更懂謙卑。

因此，我將默默期待，永康未來的個人詩集，還有他的《散文讀寫基本法》。

梁志華
謹識

前言

我想以我個人認識新詩的經驗展開這本小書⋯⋯

好多年前，我重返中大，在研究院讀書時，選了一個自己不熟悉、甚至討厭的課題來做研究——新詩。不料，兩年的研究學習，我愛上了新詩，後來更執筆寫起來。如今著書推廣，都是當初意想不到的。

詩海茫茫，要認識新詩，該從何入手呢？我當時選了新古典主義。說得清楚一點，那是從王良和的少作開始，我一本一本地細心讀他的詩集。王詩師承余光中，於是我又看了大量余詩。又因為余光中，我開始讀洛夫的詩。就這樣展開了我在新詩國度多彩多姿的旅程，然後回頭讀香港、內地的新詩。有一天，我要替自己拍的一張照片取名字，一口氣竟想了近二十個句子，我攤開來取捨時，發覺那些句子好像我平時讀的新詩詩句。然後我就試着組裝起來，竟就成了我的第一首新詩。自此，我都愛利用中文課堂，與學生分享閱新詩、寫新詩的樂趣。那時，還沒有甚麼預科文學科創作課程，更沒有新高中課程⋯⋯

我以為，從新古典主義入手了解新詩，是個較方便的

門徑。尤其是深受傳統詩觀影響的朋友，讀新古典主義的新詩，總會有「這才是詩」的好感。就順着這個好感讀下去，你可能會慢慢修正、豐富自己的詩觀。當中的改變，包括詩的語言、詩的節奏以至詩的思考方式、表現手法等等。一般人對於詩，總要求有個「格式」才覺得安穩。這本「基本法」着意介紹一些新詩常見的表現手法，作為新詩的「入門格式」。於是，我選詩以「有法可依」為原則，也不局限於甚麼新古典主義了，旨在透過閱讀，讓大家從中學習一些新詩創作的基本技巧。設計也由閱到寫，閱是為了寫。我向來認為，我們（比如學生）早已累積了一定的創作材料，以全創作經驗，因為我們都有寫作散文的經驗。要學寫新詩，往往只是形式上改變，適應的問題。也就是說，我面對的問題是：如何教導大家（學生）將已累積好的寫作材料寫成詩，而不是散文。

因此，本書所選用的詩篇以教材為用，未必都是詩中極品。我特別喜歡選用名家少作。名家大作，都渾然天成，未必有「法」可尋；名家少作有較明顯的努力軌跡，都值得初學者取法。本書論詩也以技巧、技法為主，每個單元集中介紹一個寫作技巧，先賞後寫，賞詩為了寫詩，因而對示範詩篇的內容未必作深入探討。末了，提供寫作練習、指引，或附學習成果示範。

說句功利話，本書介紹的「基本法」，都是容易模仿的方法。初學者可以在短時間內掌握一些簡單的閱詩、寫詩技巧，有助新高中「文學科」要從事新詩創作的師生，在短時間

內「見成績」。或者，也可作為新高中「中國語文科」，自擬「選修單元」教材。為了提高教學效能，我設計了許多讀、寫小活動，都在課堂上實踐過。學校老師可以輕易將當中的圖畫、表解、問答等教學活動轉化為教案，直接搬到課堂上運用。

詩無定法，此書旨在向初學者提供一個簡單的入門途徑。我強調，這只是其中一個可行的入門途徑，並非甚麼必經之路。我賞詩、寫詩，以至教詩，旨在與眾同樂。課間課餘，偷得浮生幾分鐘閒情，我實在懷念那些與學生賞新詩、寫新詩，無心插柳的自由空氣。近年教育改革，新詩創作教育走進了課堂。蒙教育當局錯愛，經常讓我走上講台與老師們分享喜悅，也間接催生了這本書。但願柳成蔭的日子，是一樣的自由、愉快。

陳永康

謹識

1. 一語雙關

　　為甚麼要寫詩呢？古人說：「詩言志」。人非草木，我們活在這個大千世界裏，除了衣食溫飽，還有心靈上的追求，將那些多彩多姿的志趣發而成詩、成文。何況草木皆有情，那是詩人將自己的主觀情感投射到外物上，信手拈來一個代言物，便成了大家熟悉的「詠物詩」。寫詠物詩，可能是詩人最愛玩的言志遊戲，古人如是，寫新詩的現代人也一樣，讓我們讀讀這一首：

常春藤　　方群

攀過來

附過去

處處都是春天

辦公桌上

我小聲的告訴你

這就是永遠不老的

秘密

（註：原詩每句末字對齊，由右至左直排成文）

方群的〈常春藤〉是一首詠物詩，詩人要詠嘆的是一種在現代辦公室常見的小盆栽。此詩集中描述藤蔓植物的生長特性——「攀過來／附過去」，說這是「常春藤」永遠不老的生存秘密。全詩就這麼寥寥幾行，再也沒有其他描述了。

比喻

不過，我們細心閱讀〈常春藤〉，就不難發現詩人所詠之物另有所指。「常春藤」原來生於大家熟悉的辦公室，它「處處都是春天」且「永遠不老」的生存本領，全靠「攀過來／附過去」。這真是一個不可告人，或者必須「小聲的告訴你」的伎倆；這就不禁讓我們想起在明爭暗鬥的辦公室裏，也有懂得「攀」、「附」，愛搬弄是非的「常春藤」。方群實在是借「常春藤」比喻那些只知攀附權貴的職場小人，這是「詩言志」之所在吧。

讓我們來重溫一下比喻手法吧。甚麼叫比喻？比喻就是要替一種事物（本體）找與它相似的事物（喻體）來表達文意的一種修辭技巧、寫作手法，目的是要讓本體變得更具體、更生動、更有趣。比喻要運用得好，就必須在「本體」與「喻體」之間找相似點。一般來說，相似點愈多就愈貼切。方群的〈常春藤〉只抓住常春藤與辦公室裏某些人靠「攀附」生存的共通點來刻畫。

一語雙關

明白了作者的用心，我們再回頭重讀〈常春藤〉，就有不一樣的感受，腦海裏就會同時出現兩個「攀附的畫面」：一個是常春藤；另一個是某些人。我們進一步細嚼詩文，不難發現擬人化的詩句（這裏同時運用了擬人法）都一語雙關，「攀附」既說常春藤，也指某些人；「永遠不老的秘密」既屬於常春藤，也是某些人的生存秘密。我們好容易整理出詩中一語雙關的內容如下：

常春藤	一語雙關字詞／詩句	辦公室某些人
藤蔓植物	⇦ 攀過來／附過去 ⇨	攀附朋黨
生機勃勃	⇦ 處處都是春天 ⇨	意氣風發、常勝
自揭求生之道	⇦ 我小聲的告訴你 ⇨	辦公室秘密不可告人，卻又沾沾自喜要跟人分享
不老	⇦ 永遠不老的秘密 ⇨	不敗

常春藤和某些人共處一室，一切都那麼巧合，自然而然，詩人妙用比喻，一語雙關不著痕跡，這就是〈常春藤〉可愛之處。

原來學好「比喻」，在詩的國度裏可以大派用場，將比喻運用得揮灑自如，「本體」與「喻體」出沒無常，甚至到了難分你我的地步，那是很多詩人愛玩的遊戲。詩人詠物、詠事，往往喜歡聲東擊西，不說你脫俗非凡，卻去說蓮花高潔；不說蓮花清麗，卻說你出淤泥不染。時而說花，時而說人。寫

人寫花兩邊跑。總之「本體」、「喻體」兩邊説，以至生出許多一語雙關的句子。這就是我要向大家介紹的「一語雙關」讀詩、寫詩方法。

賞析

讓我們來設想一個情境：為了慶祝結婚三十周年，你跑去珠寶店買了一條十八寸長的珍珠項鍊，打算送給摯愛作為紀念。然後，你還想寫一首詩記下此事，題目就叫「珍珠項鍊」吧。那麼，該怎樣運用一語雙關的方法寫這首詩呢？首先，我們要在「三十周年結婚紀念」與「珍珠項鍊」之間找比喻關係，也就是在這兩者之間找「相似點」，然後從中找可以同時描述兩者的「雙關語」。我們取一張紙出來列一個「相似點」清單吧，「相似點」愈多愈好：

相似點	相似內容
（1）滾散	珍珠本來滾散在大海的不同角落； 你我美好的生活（日子）也滾散在三十年不同的角落裏。
（2）難收拾	滾散的珍珠，不易收集，串連成大小色澤相同的項鍊； 你我美好的日子一去不返，不可能「收集」回來。
（3）托來	珠寶店女職員將珍珠項鍊托來面前； 珠寶店女職員將代表美好回憶（日子）的物件托來面前。
（4）好貴	十八寸的珍珠項鍊，粒粒顏色、大小相若，十分珍貴； 三十年婚姻好珍貴。

（5）圓滿	珍珠圓滿，項鍊圓滿（扣連成一個圓圈）； 兩人相處三十年，沒有分開，十分圓滿。
（6）掛住	珍珠項鍊天天掛在胸前； 你我互相掛住（掛念）對方。
（7）有始有終	珍珠項鍊打開成兩端，一條項鍊有始有終； 你我由相識相愛到終老，有始有終。

　　我們一口氣列了七項「相似點」，然後便可以參照上面右列相關內容，撰寫同時描述「珍珠項鍊」和「三十年結婚紀念」的詩句。事實上，大詩人余光中就給我們作了示範，寫成他的〈珍珠項鍊〉。方群的〈常春藤〉是詠物詩，余光中的〈珍珠項鍊〉則是詠事詩，都同出一轍：

珍珠項鍊　　余光中

滾散在回憶的每一個角落

半輩子多珍貴的日子

以為再也拾不攏來的了

卻被那珠寶店的女孩子

用一只藍磁的盤子

帶笑地托來我面前，問道

十八寸的這一條，合不合意？

就這麼，三十年的歲月成串了

一年還不到一寸，好貴的時光啊

每一粒都含着銀灰的晶瑩

溫潤而圓滿，就像有幸

跟你同享的每一個日子

每一粒，晴天的露珠

每一粒，陰天的雨珠

分手的日子，每一粒

牽掛在心頭的念珠

串成有始有終的這一條項鍊

依依地靠在你心口

全憑這貫穿日月

十八寸長的一線因緣

余光中運用「一語雙關」的寫詩技巧可謂爐火純青，此詩記敍了詩人在珠寶店裏購買珍珠項鍊的經過和感受，全詩幾乎句句語帶雙關，「珍珠項鍊」和「三十年結婚紀念」穿梭交織，「本體」與「喻體」難分你我，記敍與抒情渾然天成。這就是一語雙關的感染力。

為了鞏固「一語雙關」詩法，讓我們再做一個賞析小練習吧，下面是王良和的一首詠事詩：

和你一起划船的日子　　王良和

和你一起划船的日子

生命便航入了

另一美麗的水域

雙槳悠然起落

攪動小小的漩渦

把我們的倒影

捲入槳底重疊

像所有和諧的旅程

平靜、喜悅

坐在船尾，你安然讓我揮槳

一切都不必急切，談笑間

看海鷗貼水低飛，指認

星羅棋佈的島嶼

當你向落日凝眸，欸乃輕輕

我偷看一抹酡紅的晚霞

其實我真想

讓你分享划船的喜樂

所以我耐心教你

如何控制雙槳

如何齊起齊落

你却像學飛的水鳥遇到逆風

雙翅狼狽又凌亂

不好意思地笑説：船在打圈

那晃動的山影，一定是

八仙偷偷笑了

若是從前，我會任性地

停槳讓船漂流

設想狂風暴雨的夜晚

揚帆遠航，孤單地流浪

如今我只願

計劃安穩的旅程

負起領航的責任

彼此各執一槳

把一隻船欄剝落的小舟，逆風，逆水

划向長堤兩端八仙的水域

　　王良和的〈和你一起划船的日子〉表面寫划船，實際上是在談戀愛。跟余光中的〈珍珠項鍊〉一樣，這是「一語雙關」詠事詩的典型例子。

　　下表中間欄是連繫「划船」與「談戀愛」的「一語雙關」字詞、短語。你能分別指出左邊的「划船詩句」都包含了哪些「談戀愛」的暗示（意思）嗎？（試填寫表中右邊 1 至 8 項）：

	一語雙關		
划船（詩句原文）	⇦　和你一起　⇨		談戀愛
美麗的水域	⇦	美麗旅程　⇨	1
和諧的旅程／平靜、喜悅	⇦	平靜喜悅　⇨	2
一切都不必急切	⇦	耐心培養　⇨	3
偷看一抹酡紅的晚霞	⇦	偷看風景　⇨	4
計劃安穩的旅程	⇦	計劃未來　⇨	5
負起領航的責任	⇦	肩負責任　⇨	6

| 彼此各執一槳 | ⇦ 合力合作 ⇨ | 7 |
| 划向長堤兩端八仙的水域 | ⇦ 邁向未來 ⇨ | 8 |

參考答案： 1. 美麗的戀愛期　　5. 計劃兩人將來的生活

2. 戀愛的喜悅心情　　6. 負起當丈夫的責任

3. 耐心培養感情　　7. 彼此承擔生活擔子

4. 偷看情人的臉　　8. 邁向美好將來

⊙ **練習**

「一語雙關」的讀詩、寫詩技巧就介紹到這裏，現在就考驗一下自己的創作力，動手寫一首運用「一語雙關」手法創作的詠物或詠事詩吧。如果你找不到要寫、要比喻的人或事，我替你找：

試以「試場如戰場」為題材作詩一首。我們可以依上面介紹余光中〈珍珠項鍊〉的次序，首先在「試場」和「戰場」之間找「相似點」：

相似點	相似內容
（1）備戰	溫習充足，掌握好考核範圍、題型和「趨勢」； 武器裝備充足，掌握敵情。三軍未動，糧草先行……
（2）號角	鐘聲響起，是開考時間，也代表考試結束； 一聲令下，拉開戰幔……
（3）衝鋒陷陣	解答一道道難題； 攻陷一個又一個敵陣。

（4）伏擊	試卷上出現意料之外的難題，是溫習不足？ 戰場上遭到伏擊，出現意料之外的敵情，是偵察兵失職？
（5）戰術	掌握時間，先易後難，逐一解答； 適時圍攻或突襲，先易後難，逐一擊破。
（6）血紅色	考試之後，換來「滿江紅」的成績表； 戰場上死傷無數，血流成河。
（7）死傷	試場製造了許多失敗者； 戰場多死傷，好多人家破人亡。
（8）堅守陣地	不辜負父母師長，不辜自己，永不放棄； 為了同胞、為了最後勝利，要堅守陣地。
（9）投降	失敗乃成功之母，學海無涯，唯勤是岸； 勝敗乃兵家常事，他日可以捲土重來。
（10）勝利	過關升學； 凱旋歸來。

然後，利用上面的「相似點」和右列相似內容進行「一語雙關」的造句練習，想到一句，就寫一句，接着寫第二句、第三句……不必理會句子長短和次序。你能寫上十句？或者更多？愈多愈好！

下面是「造句練習」的一些例子：（排列次序不分先後）

手無寸鐵的情況下，我只能胡亂揮動手上的武器

考官在戰壕間巡邏，阻止間諜傳遞情報

筆觸之處勾出一條條傷痕

勝負未分，懦弱的逃兵卻早已投降離場

一片片紅色，是作戰的傷痕

痛苦的回憶，連擦膠也洗不掉

一聲軍令，筆聲四起

擦膠碎是戰爭的痕跡

投降留下了後悔的聲音

緊握唯一的裝備，顫抖

怯場打亂戰術

一張張血流成河的成績表

謹慎作答，唯恐敵軍埋伏

遺下的只有血紅的考卷

完成造句練習後，將最喜歡的留下，刪去不要的。

現在可以將句子拼湊成一首以「試場如戰場」為題材的小詩（就限定至少十句吧）。期間可以對原句作適當的刪改，尤其刪去太多的明喻句子中的比喻詞，諸如：好像、好似、就像等等——不要將「謎底」直接說出來。你也可以即興加上喜歡的句子、連接詞等，將那些「一語雙關」句子有機地串連起來，像余光中那樣，夾雜記敍內容，讓詩文讀起來自然而然，不著痕跡。最後，替你的作品添一個「一語雙關」的詩題，這就成了你第一首「一語雙關」的詠事詩了。

下面是兩首題材內容相同、出自不同學生手筆的作品，也拿你的出來比一比，看誰寫得較好：

悔　　李同學

緊握唯一的裝備，顫抖

一聲軍令，筆聲四起

謹慎，唯恐敵軍埋伏

戰壕間考官巡邏，阻止間諜交換情報

只可靠自己，一個人的作戰

筆觸之處勾出一條條傷痕

是一場耐力的考驗

勝負未分，懦弱的早已投降離場

遺留的是後悔的聲音

還有那些沾滿血的考卷

轟 烈　　　張同學

一聲軍令，筆聲四起

謹慎作答，唯恐敵軍埋伏

考官在戰壕間巡邏，防止間諜交換情報

恐怕怯場打亂戰術

緊握唯一的裝備，卻不自覺地顫抖

筆觸之處勾畫出一條條深刻的傷痕

勝負未分，懦弱的逃兵卻早已投降離場

投降留下了後悔的聲音

痛苦的回憶，連擦膠也不能擦去

勇士奮力作戰

遍野紅色，是作戰的傷痕

遺下的只有血紅的考卷

2. 兩個畫面

常有人問：「詩和散文有甚麼分別呢？」大詩人瘂弦用「鳳爪」和「鵝掌」作了一個很妙的比喻，他說詩是鳳爪，五根腳趾彷彿各自獨立，卻又相互連繫；散文是鵝掌，腳趾與腳趾之間有蹼連接起來，融為一體。這個比喻一針見血地指出了詩的特徵。有別於散文的文氣連貫，詩往往喜歡「跳躍成文」。讓我們來讀讀這一首：

美孚印象・6 斑馬線　　胡燕青

老人走得慢，黑白分明
孩子跑着急步只覺得眼前紛亂

胡燕青的〈美孚印象・6 斑馬線〉只有兩句，且都用了極簡單的白描手法來交代故事內容：一老一少橫過斑馬線，「老人走得慢，黑白分明」，「孩子跑着急步只覺得眼前紛亂」。我們很快就明白詩人的用意：將一老一少作對比，詩的弦外之音，全交由讀者去解讀、去填充完成……

兩個畫面

我們將胡燕青的〈美孚印象‧6斑馬線〉所呈現的內容繪
畫成圖，得出下面兩個畫面：

那實在是我們日常見慣的「兩個畫面」，有道是文藝源自
生活，生活造就了文藝。詩人就擅於把握生活，將所見所感
精心挑選出來，呈現給讀者咀嚼。下面是〈美孚印象‧6斑馬
線〉內容結構表，試結合上面的圖畫，想像一下兩位主人翁橫
過斑馬線的情況，填寫下表（英文字母A至C處），你能嚼出
甚麼深義來？

過斑馬線	所見	心態	引伸	生活經驗	哲理
老（慢）	黑白分明	專心、穩健	⇨	豐富	黑白分明＝是非分明
少（快）	眼前紛亂	A		B	C

參考答案

A	B	C
衝動、分心	淺／簡單	未知世事黑白

　　兩個簡單的畫面，經過我們整理、思考，原來可以生出許多意思來！原來詩人借題發揮，將斑馬線的「黑白分明」，引伸到做人處事的「黑白分明」。原來過馬路如做人，「走得慢」的老人搖身一變，成了見慣世事、明辨是非黑白的智者。孩子看事物「紛亂」，除了表現在橫過馬路時衝動、分心，也是未知世事黑白的寫照。

　　一首小詩包含豐富的意義，全憑兩個跳躍的句子互相註釋，對照交代。這就是我要向大家推介的「兩個畫面」賞詩、寫詩方法。

賞析

　　讓我們試着運用「兩個畫面」的賞詩方法，讀讀馬博良的一首小詩：

威尼斯一瞥　　馬博良

在許多條小河上，
許多道小橋之中的
一條小橋上，
我走過，一個人
慢慢地。

那岸上千千萬萬人

也變成了獨自

在那邊,

彎下腰去,

微笑着在陽光下,

餵着鴿兒的

一個她。

〈威尼斯一瞥〉分兩節寫成,兩節文字分別寫了兩個角色
——一個「我」和一個「她」,此詩的外貌是典型的「兩個畫面」
建築。到底詩人要給我們表達甚麼情懷呢?

此詩首節開句,先寫威尼斯的「許多條小河上」,然後
寫「許多道小橋之中」,再續寫到「一條小橋上」。由「河」到
「橋」;由「許多」橋,到「一條」橋,詩人運用層層推進、層
層縮小的層遞法,最終將焦點放在「我」——「一個人」漫步
在一條小橋上。

詩人在第二節同樣運用了類似層遞的方法寫「一個她」。
第二節先寫「岸上千千萬萬人」,然後是千萬人都「變成了獨
自」,最終都成了彎下腰、在餵着鴿兒的「一個她」。兩節文
字,如拍電影的鏡頭,由大而小,漸漸縮小、拉近,畫面最
終定格在「我」和「一個她」上:

（層遞法：由左至右，層層推進，最終聚焦在「我」和「她」身上）

許多條小河	⇨	許多道小橋	⇨	一條小橋	⇨	一個人	⇨	我
千千萬萬人	⇨	變成了獨自	⇨	陽光下餵着鴿兒	⇨	一個她	⇨	她

　　兩節層層遞進、愈縮愈小的場面、角色，呈現在我們面前，是要告訴我們，在「威尼斯一瞥」的印象：這裏大場面如小場面；千人如一面。

　　威尼斯是世界著名的水都，每天都有成千上萬的遊客到訪。「我」只是千千萬萬個遊客的其中一個，卻能在「許多條小河」和「許多道小橋」之中，獨佔「一條小橋上」漫步。可見水都的河之多、橋之眾，這是第一節的主旨。

　　「她」是千千萬萬遊客的其中一個，來到威尼斯，「微笑着在陽光下」餵着鴿兒。威尼斯遊客之多，在聖馬可廣場餵鴿子，是遊客必做的事情。所以詩人說，「千千萬萬人／也變成了獨自」的「一個她」。第二節寫眾人在陽光下餵鴿兒，千人一面，都樂在其中。鴿子象徵和平，這是一個好和平、好歡樂的地方。

　　〈威尼斯一瞥〉由兩節結構相似的文字拼貼而成，是典型的「兩個畫面」呈現詩意手法。詩人集中寫兩個角色，其實是以少總多、「四兩撥千斤」的手法，此詩的層遞結構，也給讀者指示了作品豐富內涵的聯想方向。

鞏固

詩無定法,也無定形。劉祖榮的〈對面的教堂〉外表看來不像「兩個畫面」的一貫建築,內容結構仍是向讀者展現了「兩個畫面」:

對面的教堂　　劉祖榮

其實我們就住在它對面

從我家的露台

透過大禮堂明亮的玻璃窗

可清楚看見高大威嚴的十字架

主耶穌扭曲面孔

我們只是隔着一條公路

每當周末或周日彌撒

我們必須走一段路

跨越最近的一座天橋

才能抵達教堂

有時家務纏身,我只好站在露台

祈禱和望着教友們排隊領受聖餐

我曾從教堂回望自己的居所

唐樓外牆灰跡斑斑

天台屋生銹欲墜的屋簷

廚房裏電飯煲的假冒商標清晰可辨

偶爾看見母親探出頭

向我們揮着手

　　劉祖榮的〈對面的教堂〉一節到底，交代家居「對面的教
堂」，我「隔着一條公路」在露台上「祈禱和望着教友們排隊領
受聖餐」，然後寫「我曾從教堂回望自己的居所」，「偶爾看見
母親探出頭／向我們揮着手」。詩中「教堂」和「家」，「主耶穌」
與「母親」，互相對照、詮釋，那是讓我們活得安心、溫暖的
「兩個畫面」：

第一個畫面：教堂		第二個畫面：我家	
大禮堂明亮的玻璃窗 高大威嚴的十字架 教友們排隊領受聖餐	高尚 神聖	唐樓外牆灰跡斑斑 天台屋生銹欲墜的屋檐 廚房裏電飯煲的假冒商標	貧窮 滿足
主耶穌扭曲面孔	痛苦	母親探出頭向我們揮着手	幸福

　　劉祖榮的〈對面的教堂〉沒有「兩個畫面」的外貌結構，
卻有「兩個畫面」的思想內涵，第一個畫面寫教堂的莊嚴、神
聖，讓人感到幸福，因為它就在我們身邊；第二個畫面寫我
家的溫馨、神聖，也讓人感到幸福，看媽媽在揮手，縱貧亦
樂。根據以上的理解，我們可以作進一步的聯想：

　　✓ 教堂主耶穌 ⇨ 心富足 ⇨ 神聖 ⇨ 幸福

　　✓ 我家中母親 ⇨ 貧亦樂 ⇨ 幸福 ⇨ 神聖

　　✓ 教堂＝家；主耶穌＝母親

引伸

除了詩無定法、無定形，畫也無必雙，既然「兩個畫面」可以賞詩寫詩，那麼，就沒有不能「三個畫面」、「四個畫面」，以至於更多個「畫面」寫詩賞詩的道理。讓我們來讀讀這一首：

弧線　　顧城

鳥兒在疾風中
迅速轉向

少年去揀拾
一枚分幣

葡萄藤因幻想
而延伸的觸絲

海浪因退縮
而聳起的背脊

顧城的〈弧線〉詩如其名，四節文字分別向讀者展示了四個「弧線意象」、四幅「弧線圖畫」，是名副其實的「弧線組畫」。「組畫」既可以獨立欣賞，也可以連起來看。顧城在給讀者「解畫」時就說過：「〈弧線〉外表看是動物、植物、人類社會、物質世界的四個間接畫面，用一個共同的『弧線』相連；似在說：一切運動、一切進取和退避，都是採用『弧線』

的形式……在潛在內容上，〈弧線〉卻有一種疊加在一起的讚美和嘲諷：對其中展現的自然美是讚嘆的，對其中隱含的社會現象是嘲諷的。」(《顧城詩全編》，上海：三聯，1995)

所謂「一種疊加在一起的讚美」，就是詩人對大自然種種「弧線」的讚美，詩人讚美「鳥兒在疾風中／迅速轉向」的「飛行弧線」；讚美葡萄藤觸絲「延伸的弧線」；讚美海浪聳起背脊形成的「弧線」……自然就是美，「自然美」都可以獨立欣賞。

將「少年去揀拾／一枚分幣」形成的「弧線」，加進上面的「組畫」裏，四個意象連起來看，就令人有不一樣的感受。少年彎腰揀拾一枚分幣形成的「弧線」，是一條「人類社會」的「弧線」。詩人要讚美世間的「弧線」，卻又刻意將「人類社會」的「弧線」和「自然美」放在一起，是要突顯人類社會的「不自然」，這就是顧城所說的「對其中隱含的社會現象」的嘲諷。

到底「少年去揀拾／一枚分幣」隱含了甚麼「社會現象」呢？

我們想到詩的寫作背景，那是一個生活困苦的年代，乞丐隨處可見，詩人對「人間弧線」有着深刻的感慨——那是少年彎腰揀拾路旁遺下（施捨？）的一枚分幣……這就是〈弧線〉包含對自然美的讚嘆，和對社會現象的嘲諷的內涵。

至此，我們可以總結：喜歡「跳躍成文」的詩，原來是跳躍的意象；其實是跳躍的圖畫，「兩個畫面」也好，許多個畫面也罷，無論跳得多遠，穿插得多混亂，都可以找到聯繫的地方，梳理出耐人尋味的意義。讀詩如讀畫，所謂詩情畫

意，就是這個意思吧。

⊙ 練習

「兩個畫面」的賞詩方法不難掌握，要自己動手寫也不難，許多想法、詩思，都可以運用此法來表達。我們可以先列一個表：

1	手法：	對比	對照	類比	因果	聯繫	呼應	主次	矛盾	……

2	人物：	師生	夫婦	長幼	男女	敵友	主客	父母	子女	……

3	情感：	喜惡	悲歡	忙閒	勞逸	貧富	聚散	善惡	美醜	……

我們依照上表，由上而下（自 1 至 3）三項內容裏各取其一，便可以輕易配成「兩個畫面」的創作骨幹，然後動筆寫詩。有同學就選擇了「對比」、「主客」、「貧富」為骨幹，寫了一首頗出色的新詩：

生活　　李同學

你移動疲倦的身體

圍巾繫在身上

拿着地拖在飛舞

在細小的客廳和房間裏

做家務

電視機內，你一桿入洞

名牌頭巾包着光頭

揮動着球棒

在一望無際的草原上

消遣

我說〈生活〉寫得出色，不單在內容上的句句相對，更在於作者選了一個獨特的「畫中畫」場景：

第一個畫面：在一個平凡（貧窮）人家裏，有人在做家務。

第二個畫面：窮人家中的電視機畫面（富豪在打高爾夫球消遣）。

圖解〈生活〉的畫中畫

的確，日常生活裏有許多「兩個畫面」等待我們去發掘、抒寫。

一天早上，我匆忙趕巴士上班，途經樓下的花園，看見一群麻雀在草地上覓食、嬉戲，好不羨慕。我想，如果我也

是牠們的一分子該多好，不用上班。下班回家後，我就寫了
以下這一首：

冬天的早晨　　陳永康

當露珠

變成了金色的沙子

一群麻雀吱吱喳喳

在草坪上啄食陽光的時候

上班的人們

便匆匆閃進

冷氣巴士的上層

取暖

　　大千世界，人事紛陳，又何止兩個畫面？還是那一句：
詩無定法。你可以依這個寫詩手法，創出諸如「三個畫面」、
「四個畫面」等等更多的表現手法。

3. 信手拈來

　　「日常生活平淡、單調、瑣碎，難孕育創作靈感，如何找寫作題材呢？」這是很多人抱怨難執筆寫作的常見理由。為了對症下藥，我這裏想向大家介紹一個我稱之為「信手拈來」的寫詩技巧。

　　且讓我們先看看熱衷發掘寫作題材的詩人，如何將紛亂的大千世界，整理成一首首動人的詩篇，以至發掘出許多生活的哲理來……

字趣

　　先看鍾國強的一首寫街道的詩吧：

利園山道（節錄）　　鍾國強

便利店有冰冷的糯米雞

晨早叫你起床，喝一杯

新釗記的鴛鴦，從鳳鳴大廈

挽着手出來的人，有深深的黑眼圈

……

上面只節錄全詩開首的幾句，你能看出詩人的用心麼？

一條街道，有許多人事值得寫，或者不值得寫。在動筆之前，我們就要作篩選工作，挑選能感動我們，或者挑起我們興趣的人事去寫。現在拿一支筆在手，梳理一下鍾國強挑選出來的清單吧：

第一句：主要寫「雞」；

第二句：寫「叫你起床」，「喝」；

第三句：寫「鴛鴦」（飲品／情侶？）；

第四句：寫「挽手」的人。

現在，看出這「清單」的趣味來了？仍無頭緒？那就將上述句子的字詞、短語連起來看看：

雞 ⇨ 叫你起床 ⇨ 喝 ⇨ 鴛鴦 ⇨ 挽手 ⇨ 上街……

鍾國強很巧妙地將街上紛亂的人事，整理成一段有趣的故事開場白，展開介紹他的利園山道。一切由清晨，由便利店裏面出賣的糯米雞開始，叫睡眼惺忪的情侶起床，喝一杯新釗記的提神鴛鴦，然後挽手上街……

這種看似玩文字遊戲的手法，表現出作者信手拈來的機智。〈利園山道〉從遊戲開始，讓人讀來輕鬆、愉快，吸引你往下讀，再發掘作者筆下利園山道更多的生活情趣……

比擬

　　詩人擅觀察、愛幻想，信手拈來的事物，可以編織出許
多美好的故事情節來。胡燕青的〈美孚印象・8 地鐵站〉也是
很好的示範：

美孚印象・8 地鐵站　　　胡燕青

淺藍色的地下陽光

保證下一站的果實

全然成熟。一騎紅塵妃子笑

無人知是荔枝角

　　你能梳理出此詩的趣味來麼？

參考答案

✓ 美孚地鐵站＝藍色的室內裝潢，成了詩中「藍色的陽光」。
✓ 荔枝角地鐵站＝橙紅色的室內裝潢，成了詩中「紅塵妃子笑」，
　 寓意「荔枝」熟了。
✓ 由美孚站到荔枝角站＝一站之隔，成了詩中「陽光」「保證」「果
　 實」的時間/距離。

　　擅於將眼前的事物一一收集，並且整理出趣味來，還有
這一首：

許願（節錄）　　　羅青

玉指峰，綠綠的

畫着雲采，逗着天色

娘娘廟，紅紅的

躲着石階，纏着松色

當月光輕輕涼涼，溜下了琉璃瓦

跪在案旁上香的時候

野花們便靜靜默默，繞過矮矮的牆院

朝峰頂，一步一個心願的走着

　　我們將〈許願〉擬人化的詩句「還原」，現實的情況便是：高聳入雲的玉指峰長滿翠綠色的樹木。此刻，雲朵繞着山峰轉，天色美好。紅磚造的娘娘廟就坐落在山上的松林裏，我們隱約看見廟宇矮牆外有石階蜿蜒通往山下，小道旁邊長滿了野花。娘娘廟到了傍晚，依然香火鼎盛。這時候，月光靜悄悄地沿着屋宇的琉璃瓦，一直照到廟堂中央案上的香爐上，只見香煙裊裊……

　　羅青就這樣由上而下，信手將玉指峰、山林、林中紅色的娘娘廟、廟外石階、矮牆外的野花以及廟堂上的香煙，都一一搜羅，並每「人」安排一個角色，活潑生動地上演他的「許願上香」的戲碼。

串連

　　文字可以生出詩趣；比喻比擬可以編寫故事；人事紛沓也可以串連出敏感的情緒。讓我們再多讀一首運用「信手拈來」手法寫的好詩：

清晨　　鍾國強

無端一輛靈車

從背後竄出

一叢暖紅的杜鵑

迎面慢慢駛來的一輛新娘車

突然拐進橫街不見了

彎角一叢蒼白的杜鵑

清晨的中環行人稀少

叢叢杜鵑，紅白相雜

在迴旋處開得正燦爛

我們將〈清晨〉的「詩路」繪製成圖，便 目了然：

圖解〈清晨〉

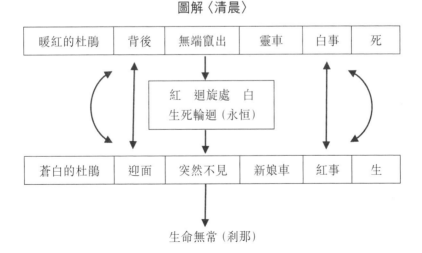

| 暖紅的杜鵑 | 背後 | 無端竄出 | 靈車 | 白事 | 死 |

紅　迴旋處　白
生死輪迴（永恒）

| 蒼白的杜鵑 | 迎面 | 突然不見 | 新娘車 | 紅事 | 生 |

生命無常（剎那）

簡單的場景，簡單的事物，背後無端竄出的靈車，與突然不見的新娘車，展現了生命的剎那與無常；在迴旋處出沒的紅白二事（紅白二花），又暗合輪迴，寄寓生生不息，生命永恒的定律。

值得留意的是：詩人巧妙地將白、紅二事（首兩節）串連起來，再聚焦在第三節開得燦爛的杜鵑花上作結。從首節「一叢暖紅的杜鵑」，到第二節「一叢蒼白的杜鵑」，聚焦到末節「叢叢杜鵑，紅白相雜」「開得正燦爛」；又從首節的靈車「無端竄出」，到第二節的新娘車「突然不見了」，最後聚焦到「迴旋處」。之前的「無端竄出」以及「突然不見了」全因為這個「迴旋處」弄出來的錯覺。上文紅、白花，與紅白事，雜然而來，至迴旋處而止。最終完成了信手拈來，串連成詩的重要一步。全詩的寄寓也呼之欲出。

巧合

平淡、單調、瑣碎，實在佔去我們大部分的生活，如果擅於「信手拈來」，實在不愁沒有寫作題材和內容。我還是要請鍾國強出場，向大家示範如何「將計就計」：

福華街茶餐廳　　鍾國強

卡位直背而我總是

直不起背來

一個慵慵的下午

工作在遠方喊着寂寞

曾是午餐肉和煎蛋盤踞的飯丘

只剩幾顆油粒各自黯然

凍奶茶如常沿着吸管攀升

侍應飽溢頭油的稀髮卻頹塌下來

偶然的笑語，更多是望向門外

細聽小匙與瓷杯輕碰

光管如花奶瀉在茶裏的漩渦

早熟的餐牌為今晚的來客出神

牙籤的挑撥，不礙鹽在時間裏凝結

牆上的錢眼，對望一紙薄薄的早餐

糯米雞與咖啡，或茶

地拖橫掃時，零星的腳都習慣抬起

重回地面，還有一種踏實的感覺嗎？

感覺，像微涼的氤氳回歸冷氣槽

還是隨升騰的輕煙沒入

霍霍然廚房那具抽油煙機呢？

我捏着賬單邁向門口，想着

踏出門外是否還會想起

這個曾經那麼真實，那麼瑣碎的世界？

為了方便理解，我們先看看以下詩句。試在表中每組詩句（上下兩句）中找互相對應的字詞，以及它們的對應關係：

詩句	參考答案	
(提示：上下兩句對照讀，找對應字詞、對應關係)	對應字詞	對應關係
卡位直背而我總是 直不起背來	例：直背 直不起背	對立
一個慵慵的下午 工作在遠方喊着寂寞	慵慵 寂寞	對等
曾是午餐肉和煎蛋盤踞的飯丘 只剩幾顆油粒各自黯然	盤踞 黯然	對立
凍奶茶如常沿着吸管攀升 侍應飽溢頭油的稀髮卻頹塌下來	攀升 頹塌	對立
偶然的笑語，更多是望向門外 細聽小匙與瓷杯輕碰	笑語 輕碰	對等
光管如花奶瀉在茶裏的漩渦 早熟的餐牌為今晚的來客出神	漩渦 出神	因果
牙籤的挑撥，不礙鹽在時間裏凝結 牆上的錢眼，對望一紙薄薄的早餐	挑撥 對望	因果

　　本來瑣碎、雜亂無章的事物，竟給詩人梳理出巧妙的秩序來。人生的大詩篇、大道理，大抵就是從紛亂中走出來的。〈福華街茶餐廳〉順序記敍了「我」進入茶餐廳吃午餐的整個過程：先進入直背的卡位就座（我的背直不起來），然後吃午飯（拋下遠方的工作）。一碟滿滿的午餐肉煎蛋飯，好快就吃光了。剩下油粒黯然的空碟子。飯吃完了，然後是咬着吸管喝凍奶茶，東張西望，享受午飯後片刻的閒暇，一個慵慵的下午……

　　一個似乎早就看透了的世界，平淡且瑣碎，卻真真實實

的佔去了我們大部分的生活，佔去了我們大部分的記憶。這「感覺，像微涼的氤氳」，你能從中尋出個甚麼人生大主旨來麼？誰在意要把它們記下來？在一間平凡的餐廳，吃過一頓午餐？

　　鍾國強的〈福華街茶餐廳〉「將計就計」，以「瑣碎」為主旨，抒寫瑣碎生活，帶給我們對生活、對寫作的反省：原來平淡有意，瑣碎合理，發呆有趣，都可以寫成詩。於是我們相信藝術源於生活，相信生活創造了藝術。詩人信手拈來，以平凡、真實的心情去抒寫平凡、真實的詩篇。文學創作，往往不必追求甚麼偉大主旨。切實地寫自己的生活，寫「這個曾經那麼真實，那麼瑣碎的世界」，就是偉大的主旨、偉大的詩篇。

⊙ 練習

　　我們一口氣讀了那麼多「信手拈來」的詩篇，是時候練習一下了……

　　記得那是荃灣地鐵站對面，青山道旁有一家意大利粉連鎖餐廳換了新裝，店內的牆壁橫豎掃滿了凸起的米黃色粗糙泥土條紋，看上去像要下鍋的意大利麵條。深綠色的木窗框下面有木製的花槽，都插滿了一束束鮮艷的鬱金香。就是不相信餐廳老闆會花大本錢天天插鮮花招徠，伸手去掐，果然是絲絨造的！此外，牆上還有壁畫，描繪客人吃意大利粉的誇張表情，還圖文並茂，說意大利粉原來是馬可孛羅從中國

「偷」去意大利的,意大利粉本來是中國麵⋯⋯

　　既然意大利粉的名字是假的,為甚麼不叫中國麵呢?既然鬱金香那麼可愛,又何須介意那其實是絲絨造的呢?於是,意大利餐廳有中國麵,都市有絲絨花,我們就活在石屎森林裏,有舒適的座位,各人頭頂都有一盞橙黃色的燈,灑下奶白色的陽光,便有不會凋謝的鬱金香。因緣際會,還有應約前來共餐的女伴,誰能擔保女朋友將來會變成妻子?

　　世事往往就這麼巧——因緣際會,真真假假,信手拈來,全憑一個「緣」字來撮合。我幾乎一揮而就,寫成〈石屎森林・絲絨花・意大利粉〉:

石屎森林・絲絨花・意大利粉　　陳永康

不要灌溉

不要施肥

也不要理由

森林有自己生存的辦法

花卉有炫耀自己的本領

在因緣際會下,成就了

你,成就了我

也成就了今夜的燭光晚餐

好讓我與你訴說

來自中國的意大利粉的故事

你說

既然意大利粉源自中國

為何不叫中國粉？

既然叫意大利粉

為何又說中國的粉？

我說

誰教你顧名思義？

花不必花

草不必草

森林不必森林

不信？

我有花、有草、有森林做證

　　將此詩的內容用圖表來表達，可以清楚交代當時思緒的來龍去脈：

意大利粉		中國粉
花	名實	絲絨
森林	⇦　⇨ 真假	大廈
你和我		我倆

　　所謂「信手拈來」，就是「信手」在身邊找寫作材料。在學校裏的同學可以坐言起行，拿紙筆把在課室裏所見、所感

的事物，逐一寫在紙片上（一張紙寫一個事物），例如：黑板、粉擦、粉筆、書桌、椅子、書包、電風扇、冷氣機、打瞌睡的小朱、東張西望的陳大明、開小差的李志強、口若懸河的中文科老師……諸如此類。然後集合大家寫好的小紙片，再隨機抽取當中十至二十片，打開來看看抽到甚麼事物，再從中「理」出一條「詩路」來。我們可以集思廣益，分組進行這個整理工作，共同創作一首詩。

我們也可以隨意挑一個身邊的角色作練習。比如你家樓下的管理員叔叔、菜市場裏的販子、學校裏的校工等等。在動筆前，先觀察選定的角色，他/她的動作，周遭的環境、人情、事物等，然後逐一造句去描述（不必太理會次序）。末了，將所有的句子整合、串連，找出它們之間的關係，再朝着一個主旨寫下去，就成了一首詩。下面是一個好例子：

菜販　　茵婷

菜市場是濕漉漉的

有青草和魚腥的味道

穿水靴的賣菜婆

好大的叫賣聲

快來看呀，不買也來看看吧──

濕漉漉，穿水靴

有青草和魚腥的味道

　　好大聲的賣菜婆在叫

　　快來看呀，不買也來看看吧──

　　看出作者如何信手拈來、串連成詩的頭緒來了沒有？對啦！首段分寫菜販在菜市場的種種情況，第二段將首段各句作了一個串連、整合的工夫，就成了一首頗有趣味的小詩。

4. 散點聚焦

　　這裏要介紹的「散點聚焦」手法，其實是一種歸類方法。如果説作家、詩人能人所不能，寫出許多動人的篇章。那可能是他們懂得把握生活，並從千姿百態的生活中，歸納出生活的規律，以至道理來。在介紹寫詩方法之前，讓我們先來欣賞一首大家耳熟能詳的元曲：

天淨沙・秋思　　馬致遠

枯藤老樹昏鴉，

小橋流水人家，

古道西風瘦馬。

夕陽西下，

斷腸人在天涯。

　　讀馬致遠的〈天淨沙・秋思〉如讀圖畫——那是由一幅幅細小的秋天景色（意象）組成的作品，曲詞中所有的句子都以名詞或者短語「湊合」成句，比方「枯藤老樹昏鴉」，就是將「枯藤」、「老樹」和「昏鴉」三個名詞拼在一起寫成的「病句」；「小橋流水人家」也是由「小橋」、「流水」和「人家」三個獨立

的詞語組成;「古道西風瘦馬」句,我們看到「古道」上有「西風」,還有一匹「瘦馬」在走路;然後是「夕陽西下」,有一個「斷腸人」走向天邊(天涯)……

聚焦

我們將看似散亂、瑣碎的圖畫——「名詞」和「短語」整理、歸類,不難發現〈天淨沙・秋思〉的「意象群」,經過詞人精心挑選,然後「拼貼」成文(成畫),那是由兩組對比強烈的意象,構成對比強烈的兩幅圖畫:

淒涼	溫馨
枯藤　老樹　昏鴉 古道　西風　瘦馬 夕陽西下 斷腸人在天涯	小橋 流水 人家

原來兩組詞語、短語都分別指示一個方向、都分別聚焦到一個點上:一個是「淒涼」,另一個是「溫馨」。這就是我要介紹的「散點聚焦」寫詩方法。

「散點聚焦」的寫詩填詞方法,可謂「四兩撥千斤」,作者只要丟下一堆「片言隻語」,餘下的工作就直接交由讀者去填充、聚焦,然後串連成篇:枯藤纏繞着老樹。黃昏,一隻烏鴉獨自在禿枝上棲息着;古道上西風呼呼,夕陽下有人獨自騎着一匹瘦馬走過。「斷腸人」要往哪裏走呢?走向天邊……而此時,他的心裏或許有一個溫馨的家,那是一間小屋,屋

裏有家人，屋前有小橋，小橋下有流水⋯⋯

現在，讓我們讀一首由現代詩人寫的「散點聚焦」示範作品，我選了北島的〈日子〉：

日子　　北島

用抽屜鎖住自己的秘密

在喜愛的書上留下批語

信投進郵箱，默默地站一會兒

風中打量着行人，毫無顧忌

留意着霓虹燈閃爍的櫥窗

電話間裏投進一枚硬幣

向橋下釣魚的老頭要支香煙

河上的輪船拉響了空曠的汽笛

在劇場門口幽暗的穿衣鏡前

透過煙霧凝視着自己

當窗簾隔絕了星海的喧囂

燈下翻開褪色的照片和字迹

北島的〈日子〉，幾乎每一句都呈現一個獨立的意象、一幅獨立的圖畫。然而，詩人「聚焦」的方法稍稍有別於馬致遠的〈天淨沙・秋思〉，例如詩的起首這七句：

用抽屜鎖住自己的秘密

在喜愛的書上留下批語

> 信投進郵箱，默默地站一會兒
>
> 風中打量着行人，毫無顧忌
>
> 留意着霓虹燈閃爍的櫥窗
>
> 電話間裏投進一枚硬幣
>
> 向橋下釣魚的老頭要支香煙

上面七個句子，分別描述了七個獨立的行為——有人在不同場合的行為表現。這七個句子讀起來，沒有必然的先後次序。也就是説，我們隨意重排上面句子的次序，也無不可。七個獨立的句子，七個獨立的行為舉止，都有一個共同的焦點？詩末相對連貫的四句是另一個焦點？那就讓我們對這七個「散點句子」逐一作聚焦分析：

原句	含意	焦點
用抽屜鎖住自己的秘密	告別自己/拒絕別人	
在喜愛的書上留下批語	想與作者溝通	
信投進郵箱，默默地站一會兒	想像收到回信	
毫無顧忌在風中打量着行人	想引起陌生人注意	溝通
留意着霓虹燈閃爍的櫥窗	想了解櫥窗的訊息	
電話間裏投進一枚硬幣	想打電話	
向橋下釣魚的老頭要支香煙	想與陌生人打開話匣子	

我們發現，以上種種行為表現，都聚焦到一個意思、一個點上：「溝通」——有人「用抽屜鎖住自己的秘密」，似乎要告別「自己的世界」，跑出去與外界接觸、溝通。然而，那些

「單向溝通」（七個句子）行為註定要失敗。「河上的輪船拉響了空曠的汽笛」是全詩唯一的抒情句子，詩人借景抒懷，讓輪船的汽笛替那條可憐蟲發出寂寞的呼號。

此詩最後四句將寂寞之情推至高潮：「在劇場門口幽暗的穿衣鏡前／透過煙霧凝視着自己」，「凝視自己」是連「自己」也感到陌生，無法和「外面的自己」（鏡中的自己）溝通。唯有再次回到「自己的世界」，「當窗簾隔絕了星海的喧囂／燈下翻開褪色的照片和字迹」。結語兩句是要回應第一句「用抽屜鎖住自己的秘密」。本來打算「鎖住自己的秘密」，出外尋求「溝通」，繞了一個圈子後，又回到起點，從此告別窗外的「喧囂」。

比喻

與北島的〈日子〉寫法相近的，還有鍾國強的〈四月十二日中午，淮海中路〉，只是詩人替作品又多添了一層面紗：

四月十二日中午，淮海中路　　鍾國強

四月十二日，日方中

淮海路上的法國梧桐

還沒有做好茂盛的準備

參差的枝椏上幾條電線自歪斜

誰理會那邊

蓋了好大一片的高樓

穿百褶裙的少女又望向這邊

放大了的婚紗照如十九世紀油畫

復古還是時髦，望着

剛翻新過的俄羅斯建築出神

突然一輛大眾出租車

在搖頭晃腦的公共汽車前

插入。喇叭穿透路旁寬敞的

新華書店，群書不翻半頁

一名女服務員猶自把焦點

晾曬在門前半空。日方中

四月十二日

淮海路上的法國梧桐

還沒有做好茂盛的準備

　　讀鍾國強的〈四月十二日中午，淮海中路〉，第一個印
象，該是首尾呼應的結構吧。此詩開首寫「淮海路上的法國
梧桐／還沒有做好茂盛的準備」。照文理，詩人接下來應該要
交代「法國梧桐／還沒有做好茂盛的準備」的原因（情況）。然
而，中間一大段文字，卻隻字不提法國梧桐，更遑論交代沒
有做好茂盛的準備的原因（情況）。全詩卻以大篇幅寫了許多
與法國梧桐毫無關係的東西。末了，又重提「法國梧桐／還沒
有做好茂盛的準備」。教人摸不着頭腦。詩人到底在玩甚麼花
樣呢？

　　我們用圖表來分析吧：

全文結構	淮海路所見
四月十二日，日方中 淮海路上的法國梧桐 還沒有做好茂盛的準備 ↓ 沒有做好茂盛的準備的原因（情況） ↓ 日方中 四月十二日 淮海路上的法國梧桐 還沒有做好茂盛的準備	參差的枝椏上幾條電線自歪 斜 蓋了好大一片的高樓 穿百褶裙的少女 放大了的婚紗照 復古還是時髦 翻新過的俄羅斯建築 出租車突然插入 搖頭晃腦的公共汽車 喇叭穿透／新華書店 群書不翻 女服務員猶自把（眼光）焦點 晾曬在門前半空

依上表：

✓ 如果說，詩中「淮海路上的法國梧桐／還沒有做好茂盛的準
   備」必須要有一個解釋的話，那麼，答案只能是表中「淮海
   路所見」部分！

✓ 又如果表中「淮海路所見」是「淮海路上的法國梧桐／還沒
   有做好茂盛的準備」的原因，那麼，「法國梧桐」與「淮海
   路」之間必定是一個比喻關係！

✓ 至於「日方中」本意指烈日當空，與上面的比喻連起來看的
   話，那就是指：經濟起飛，城市建設正處於熱火朝天的時
   候。

✓ 這樣，我們可以肯定全文要旨：透過寫法國梧桐未作好茂
   盛的準備，暗喻發展中的淮海路（上海），正處於改革開
   放、城市建設的「日方中」年代。

✓ 我們好容易想起，經濟起飛，處於「日方中」的城市的普遍
軌跡：

車水馬龍，市面一片混亂，時髦與復古、東方與西方、價
值觀混雜，城市的「硬件」（建設）飛躍，「軟件」（人文）卻
滯後，處於迷茫，甚至迷失的狀態，看那「女服務員猶自
把（眼光）焦點／晾曬在門前半空」……

原來詩人繞了一個圈子，此詩中段那些看似「雜亂無章」
的內容是要引領讀者，聚焦到一個比喻上：上表右欄「淮海路
所見」是比喻的「本體」部分——集中描述淮海路上種種經濟
發展「日方中」的雜亂情況。「淮海路所見」與上表左邊的「喻
體」——法國梧桐一樣，「還沒有做好茂盛的準備」，這就是
詩人筆下一個經濟起飛、大興土木的城市面貌。如果說寫新
詩，要力求內容與形式配合的話，這種「散點聚焦」呈現（比
喻）城市發展紛亂市容的手法，實在是最好的示範。

擬人

運用修辭手法寫詩是詩人樂此不疲的遊戲，讓我們來讀
讀鍾國強另一首「散點聚焦」的範作〈地板〉。〈地板〉予人第
一個印象，相信是它的外貌建築吧：

地板　　鍾國強

你說浴室門要費好大氣力才能關牢　我便看見地板近門的部份已
發黑了　每夜回來在廊外便聽見你煩躁的聲音　兒子功課攤在飯

菜旁已不再冒煙　我把甚麼遺留在外甚麼帶了回家？　在乾癟的
飯顆與石子間我來回咀嚼　似無還有那骨刺又在桌沿默默墜落
地板從未告訴我可以承受的重量　我俯身察看發黑的部份如何蔓
延　你又在面膜之後打量房子臙下的空間　霉黑的地板拱離原來
的位置　老化的玻璃膠仍黏附舊日的創口　你又說找不到要找的
東西了　我移開新疊的雜物像把話支開　女兒赤足在狹窄的走廊
奔跑　我說拖鞋呢拖鞋呢當心細嫩的腳掌　撬開門檻才看到裏面
濡濡的水漬　霉壞的部份猶如去年遺棄的蛋糕　你又埋怨我甚麼
也不願丟掉　我已記不起已然丟掉的東西　起皺的牆紙像你老看
不完的小說　沾濕的地方我猜測化開的文字　沿牆搜索滲水的源
頭　蒼白的瓷磚一臉無辜的樣子　剛要吐出的話語又沉沉回返
舌頭的裂紋彷彿與日俱增　我把瓷磚表面抹得一滴不餘　關掉牆
裏日夜奔湍的聲音　你遙望窗外靜止的海　我對照功課怯怯改正
的文字　防漏塗層散發濃烈的氣息　一室舊物找不回昨日的味道
　被褥覆疊新添的疑慮　夜色遺忘記憶暗角的信箋　天花板不斷
拓大的水痕給看成倒影　明晨你又會忘了自己的生日麼？　我猶
努力把發脹的霉木挖出　發現地板之下兀然悶響竟是另一層地板

　　一如詩題，放眼全詩，是由文字鋪成的一塊「大地板」，
句子與句子之間沒有標點符號，詩人棄用「／」來分隔句子。
留出來的空白處，彷彿地板上有許多小孔，破爛不堪。

　　和許多「散點聚焦」表達主題的新詩一樣，此詩予人句子
雜亂的感覺。不過，只要你細心看，仍是可以發現當中的秩
序，你試找找……

參考答案

> 浴室門要費好大氣力才能關牢
> 看見地板近門的部份已發黑了
> 俯身察看發黑的部份如何蔓延
> 霉黑的地板拱離原來的位置
> 老化的玻璃膠仍黏附舊日的創口
> 移開新疊的雜物
> 撬開門檻才看到裏面濕濕的水漬
> 霉壞的部份猶如去年遺棄的蛋糕
> 起皺的牆紙
> 沿牆搜索滲水的源頭
> 關掉牆裏日夜奔湍的聲音
> 防漏塗層散發濃烈的氣息
> 天花板不斷拓大的水痕
> 努力把發脹的霉木挖出
> 發現地板之下兀然悶響竟是另一層地板

　　應該不難整理出上面的敘述過程——尋找地板霉壞的源頭的過程。這部分好理解。然後，我們就可以集中精神去分析剩下來的句子。剩下來的都是些甚麼句子呢？不難看出，盡是些描述生活片段的句子，都穿插在「尋找源頭」中間。把這些句子抽出來分析，就發現它們都有一個聚焦點：集中描述生活的重量。我們在詩中的一個擬人句子找到旁證——「地板從未告訴我可以承受的重量」。這句子也是兩大堆文字的橋樑！至此，全詩的主旨也不言而喻。

　　〈地板〉透過寫地板霉壞，難以承受生活的重量，來反映主人翁生活的沉重。值得一提的還有：即使生活沉重，我們仍有能力堅強面對，看詩末「努力把發脹的霉木挖出／發現地板之下兀然悶響竟是另一層地板」。可知「地板」的生命力強，我們壞了一層，還有另一層補上呢！這是此詩讓讀者驚訝的地方，也是全詩高潮所在。

象徵

有時零碎的生活片段，往往是我們回憶、聚焦的地方。

雨希的童年記憶，就聚焦在門檻上：

陽光曬在門檻上的日子　　　雨希

終於我們回到那坐在門檻上的日子

陽光烘得門檻熱乎乎的

我們就坐在上面剝着花生米

花生殼像一堆小葫蘆

我貪玩地把兩顆花生夾上耳珠

你就吃吃地笑我是傻丫頭

你說耽會兒去叫隔壁的大嬸過來吃菜茶

外邊幾個小女孩在跳着橡皮筋

你說起小時候的事

你從那裏把我要回來的事

你說我那時老是嚷着要回去

我說我只記得

坐在門檻上吃的白糖拌飯

你說我的腳小小的

可以藏在手心

有時也會踢你的臉

你說我的頭小小的

從揹帶旁滑下

差點掉進井裏

幸好拉住了我的腳

你說着笑了

梳子在我的髮上往復

陽光在門檻前

拉開我們重疊的影

每次

你都會跑到那古老的大床前

大力拍打床板

祈求床公公床婆婆

保佑又要遠走的親人

這是我和你都相信的方法

然後往門楣下的香爐插香

那種聞了會暈的氣味

比起長途車中

膠椅發出的氣味舒服多了

不再赤着腳到處跑的日子

我們圍着桌子吃團年飯

你說都長大了

說話時斷續如學語的嬰孩

替你捧着碗的爺爺

手有點震

你的手指更彎了

我想把它藏在手心

我的手看來那麼大

除夕的燈要長點

炮竹的碎屑零碎地鋪在門檻上

你會替我趕走蚊子

垂下白白的帳

有很多小小的孔

打雷下雨的時候

你會抱着我

給我說很久以前的故事

你說有一年下很大的雨

飄來一隻紅膠盆

裏面裝着一個小女孩

　　〈陽光曬在門檻上的日子〉花了不少篇幅追憶童年往事，極寫婆孫感情的溫馨。詩人刻意把追憶的往事，都聚焦在門檻上：「我們就坐在上面剝着花生米／我貪玩地把兩顆花生夾上耳珠……坐在門檻上吃的白糖拌飯……梳子在我的髮上往復／陽光在門檻前／拉開我們重疊的影……然後往門楣下的香爐插香……除夕的燈要長點／炮竹的碎屑零碎地鋪在門檻上」。「陽光曬在門檻上」對於作者來說，有着特殊的象徵意義，一個溫暖的童年。

反向

　　上面介紹的「散點聚焦」詩法，顧名思義從「散點」出發，然後「聚焦」詩的要旨。以下介紹的聚焦方法（方向），完全不同，讓我們細閱這一首：

分裂　　劉芷韻

把我分發給所有可以信賴的陌生人

把我分割成獨立的細節個性鮮明可愛可恨

把我分解，讓我充滿宴會的空氣中

混和煙草與酒精的藥性

讓我成為值得紀念的味道

讓我隨同音樂的節拍在眾人之間充滿

溫柔地擺動

胸膛與臂膀

頭髮與頸項

手指與掌心

足踝與腳跟

眼前重疊的影象

所有距離化身

另一種迷惑

把我吸入吧再緩緩把我吐出

輕輕地、輕輕地叫喚某人的名字

輕輕地總有另一種音樂錯落在唇齒之間

　　那就是我的存在了

　　趁我分裂成無數的時候

　　那就是我最確切的存在了。

　　劉芷韻的〈分裂〉，顧名思義，不是聚焦，而是分裂。我
們姑且將這種手法名之為「反向聚焦」法。〈分裂〉的思路是由
聚焦想到分裂，由分裂帶出自我肯定：

散點（個性）	聚焦（我）
分發給所有可以信賴的陌生人 分割成獨立的細節個性鮮明可愛可恨 分解，讓我充滿宴會的空氣中 混和煙草與酒精的藥性 成為值得紀念的味道 隨同音樂的節拍在眾人之間 所有距離化身／另一種迷惑 把我吸入吧再緩緩把我吐出	我的存在 （趁我分裂成無數的時候） 那就是我最確切的存在了

　　〈分裂〉要表達的主題應該不難理解：人的性格每「多面」，
我們在不同場合，往往有不同的性格表現。有時是虛假的，
有時是真實的，有時是自相矛盾的。真假虛實，是非對錯，
都是我們「存在」的表現。依此思路，若問「真我」，就只有「分
裂」。也只有「分裂」，「真我」才能永恒存在。所以詩人這樣
總結：「趁我分裂成無數的時候／那就是我最確切的存在了」。

　　詩無定法，劉芷韻的〈分裂〉開闢了一條相反方向的「散
點聚焦」詩路，那是從焦點出發，向外輻射「分散」的詩法。
與此法類似的詩例，我想起夏宇的〈擁抱〉：

擁抱　　夏宇

風是黑暗

門縫是睡

冷淡和懂是雨

突然是看見

混淆叫做房間

漏像海岸線

身體是流沙詩是冰塊

貓輕微但水鳥是時間

裙的海灘

虛線的火燄

寓言消滅括弧深陷

斑點的感官感官

你是霧

我是酒館

　　讀夏宇的〈擁抱〉讓人「意亂情迷」——那是因為戀人擁抱總是意亂情迷；那是因為雜亂無章的詩句教人讀來意亂情迷。在大量碎片式的詩句中，我們在文末找到了它的根源——那個發射出去的焦點：「斑點的感官感官」。

　　〈擁抱〉由四節組成，前面三節語意混亂的詩句，正正是戀人擁抱時意亂情迷的具體寫照。詩人在最後一節交代了這

種情況的緣由：那是因為「擁抱」的時候，「你是霧」，把「我」重重包圍，使「我」迷失；而「我是酒館」，要把「你」灌醉。「我」既迷失，「你」又醉了，於是，對身邊事物的感知，就只能靠「斑點的感官」；於是，詩中所見的事物，都是「感官的斑點」。

讓我們嘗試透過「斑點的感官」，「還原」詩人筆下「擁抱」的實況和情懷：第一節寫「風是黑暗／門縫是睡／冷淡和懂是雨」，主要交代「擁抱」的環境：黑夜裏有風，門縫後面有睡着的人們。此刻，窗外有雨，細雨下感知（懂）冷淡的夜。第二、三節有「身體」、有「裙」、有「火燄」，主要刻畫「擁抱」的情況。「火燄」的擁抱，讓人意亂情迷，天旋地轉，頓覺「房間」在「混淆」。觸摸的「身體是流沙」──沿着對方身體彎曲的「海岸線」一直「漏」下去，冰冷的身體（冰塊），輕輕的（如貓）如詩一般的融化、溫暖。忙於擁抱的雙手，如水鳥把握捕食的季節（時間）。「擁抱」讓裙襬掀起如海灘彎曲、起伏的波瀾，然後落入美麗「寓言」（情話）的深淵……

夏宇着實將戀人擁抱時意亂情迷的情況刻畫得淋漓盡致──「意亂情迷」的詩句；「意亂情迷」的感觀──令人神往。

⊙ 練習

要運用「散點聚焦」的手法，寫一首新詩並不難。比如你要寫一首反映自己日常生活的新詩，詩題就叫〈日子〉吧。最快捷的方法是：將你的記事簿、紙筆取出來，然後抄錄你過

去一個月的行事紀錄，有重複的事項也照抄。抄好後，將所有行事項目歸類，看能否整理出一個主旨來。比如你發覺自己的生活多彩多姿，或者充滿痛苦，或者苦樂參半等等。那些重複的項目，對你整理主旨有很大的幫助，那可能就是聚焦的地方。最後就依自己的喜好，鎖定聚焦的方向、主旨，選一個排列句子的方法，就可以着手撰寫你第一首「散點聚焦」的新詩。下面是同學的習作：

日子　　姿穎

天天都要去補習

明天去圖書館交罰款

阿紅又失戀啦，點算？

洗牙，換夏季校服

小測，校際辯論比賽

又要寫文章，作詩

同學出國留學，下星期二送機

補測，後天交周記

媽媽就快生日

補交請假信

今天中文默書

下學期統一測驗

報名參加普通話歌唱比賽

補習班同學燒烤聚會

星期一參觀職業博覽會

鋼琴考試

讀書報告截止提交日期

去醫院探病

失眠

　　作者基本上掌握了「散點聚焦」的寫詩技巧。特別要讚許
的是末節一句「失眠」起了一個提點作用，耐人尋味。

5. 比擬抒情

在介紹寫詩方法之前，讓我們先玩一個填充遊戲。下面是劉小梅寫的一首題為〈生活協奏曲〉的小詩，此詩分兩節寫成，詩末獨字成句、成行。你猜猜這最後一個壓卷的是甚麼字？

生活協奏曲　　劉小梅

白髮來敲門
我請它稍待

它說快點快點
我還要挨家挨戶去送
＿＿＿＿（填一字）

擬人

劉小梅的〈生活協奏曲〉將白髮比擬成四出敲門的速遞員，到底「白髮」急於「挨家挨戶去送」甚麼呢？只知道「白髮」只有在我們老了的時候，才會按時找上門，一個人有了「白髮」就等於「老了」。對，這個填充遊戲很簡單，詩末只許大

家填一個字，那就只有「老」字！的確，「老」是不可以「稍待」的，時間不等人，「挨家挨戶」的人們一天一天的老去，白髮每天都來敲門……

作為一種修辭手法，擬人法將事物「人格化」，賦予人類的行為舉止、情緒變化，讓讀者見事如見人，有親切感之餘，也有助說理，這就是詩文的所謂「移情效果」吧。像劉小梅這首〈生活協奏曲〉，作者將人老頭髮白的事實「活化」，「白髮」搖身一變成為一個活生生的速遞員（可能是魔鬼？），然後「挨家挨戶去送／老」，讓人讀來觸目驚心，從今以後，不敢再虛度光陰。詩（文章）通篇運用某種修辭手法寫成，就變成「寫作手法」──也就是這個單元我要向大家介紹的「比擬抒情」寫詩方法，那其實是一種通篇運用比擬手法寫詩的方法。

讓我們再讀一首運用擬人手法寫成的小詩吧：

浪花　　洪志明

大海有話，
想對船說；
船聽不懂大海的話，
慢慢地走開。
美麗的浪花還是圍着船
說個不停。

洪志明的〈浪花〉簡單易明，大海有話說，那該是她的浪濤聲吧？不過，詩人並沒有這樣寫，而是跑去寫浪花。哇啦

哇啦的浪花聲，正好比擬滔滔不絕的嘮叨形象，白花花的浪花也給讀者呈現口沫橫飛的視覺效果，這就是「人格化」後的浪花。船當然「聽不懂大海的話」，畢竟「雞同鴨講」，不是同類難以言語溝通。最惱人的是，愛嘮叨的浪花鍥而不捨，「還是圍着船／説個不停」……

〈浪花〉要説的故事看似簡單，卻包含生活小智慧。既然船隻註定要在大海裏航行，自然要激起浪花——「大海有話，／想對船説」，船「聽不懂大海的話」，不勝浪花的嘮叨、糾纏，唯有走開。可恨的是，船愈走得急、走得快，便越發激起更多的浪花——更加滔滔不絕、更加口沫橫飛。可憐的船兒唯有「慢慢地走開。／美麗的浪花還是圍着船／説個不停」。該如何擺脱這個惡性循環的厄運呢？只有一招：停下來不動！對，船不動，就不會有浪花了。試想一想，在我們的日常生活裏，也有這種「惡性循環」的人事糾紛嗎？你愈是逃避它，它就愈是纏着你不放。那就試着停下來，直面它吧。你發現許多難關，不攻自破。讀詩原來可以增長智慧。

我們一口氣讀了兩首通篇運用比擬手法寫的詩，如果在當中也加入其他修辭技巧，效果又如何呢？讓我們讀讀野谷的〈井〉：

井　　野谷

日子是石塊

砌深了井圍

雲飛去

鳥飛去

孤獨的眼

凝望着

注滿了淚

流不出來

　　野谷將「井」比擬成「孤獨的眼」；將用來「砌深了井圍」
的石塊比喻成「日子」。日子一天一天地過去，井圍一天一
天地加高，那「孤獨的眼」便一天一天地「深沉」下去，注滿了
的「淚水」便永遠也流不出來。「加高」了的井圍與「下沉」的
眼窩互為因果，比擬法與比喻法合力替〈井〉炮製了一個頗堪
玩味的身世：看日子隨「雲飛去／鳥飛去」，「砌深了井圍」，
勞碌了大半生的你，可能想起自己的命運，最終只剩下深深
的眼窩，「注滿了淚／流不出來」；「雲飛去／鳥飛去」與「流不
出來」的淚水，也讓我們想到世界的自由和井的孤獨、寂寞與
無奈；或者你想起背井離鄉的「雲飛去／鳥飛去」，留下孤獨、
可憐的井，天天睜着水汪汪的眼睛在盼望……

擬物

　　運用比擬手法寫詩，還有另一個方向，就是擬物法。顧
名思義，擬物法就是把人當作物來寫，或者把甲事物當作乙
事物來寫。讓我們來讀讀洛夫的〈金龍禪寺〉：

金龍禪寺（節錄）　　洛夫

晚鐘
是遊客下山的小路
羊齒植物
沿着白色的石階
一路嚼了下去
……

〈金龍禪寺〉開篇「晚鐘是遊客下山的小路」是一個比喻（暗喻）句，那是將「晚鐘」比喻成「小路」。該如何理解這個奇怪的比喻呢？「晚鐘」和「小路」這兩個意象，風馬牛不相及，你很難想像它們之間有相似的地方吧？

我們知道，「晚鐘」可以是「鐘」，也可以是「鐘聲」。說「鐘」好像「小路」讓人費解；說「鐘聲」好像「小路」呢？你大抵想到，來參觀禪寺的遊客，流連忘返，到了晚鐘響起的時候，才依依不捨沿下山的小路離開。於是「晚鐘」便成了催促遊客離開的「路」。因此，說「晚鐘是遊客下山的小路」，就變得合情合理了。這就是運用意象、運用修辭技巧寫詩的妙處。

我們繼續讀下去……

「羊齒植物／沿着白色的石階／一路嚼了下去」是一個擬物句，詩人「望文生義」：因為「羊齒植物」有「羊齒」，「嚼」是很自然的事。於是，沿白色石階生長的「羊齒植物」，就變成一頭會咀嚼的動物，「沿着白色的石階」嚼下去……會咀嚼的

「獸」其實是植物，此詩將植物當作動物來寫，就是「將甲事物當作乙事物來寫」的擬物手法，運用擬物法寫詩，給讀者帶來不一樣的新體會。

洛夫的〈金龍禪寺〉有會咀嚼的「羊齒植物」，余光中的「楓葉」則是一個可憐的受害者：

楓葉　　余光中

秋天，最容易受傷的記憶

霜齒一咬

噢，那樣輕輕

就咬出一掌血來

余光中選了一個獨特的角度寫大家熟悉的楓葉。讀〈楓葉〉如同讀一宗兇案，兇手就是「霜」。原來秋天一到，「霜」這頭猛獸就到處咬，樹葉給「霜齒一咬」，便留下如鋸齒一樣的「齒印」，鮮血染紅了整片葉子，所以我們看到的楓葉，是帶「齒印」且血紅色的。將「案發」前後的楓葉畫出來，該是這樣的吧：

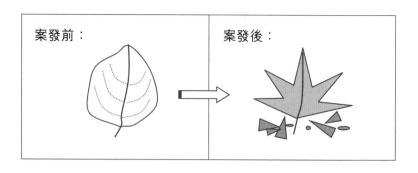

運用比擬手法寫成的〈楓葉〉，除了生動有趣，還將「熱悉」變成「陌生」。楓葉的「陌生」身世，刺激我們想像：沒有被「霜齒」咬過的楓葉，到底長怎麼樣呢？這是運用比擬手法加強詩的張力，從而增添閱讀趣味的好例子。

接下來我們讀一首將人當作物來寫的詩例，這是羈魂寫的一首探病詩：

三探　　羈魂

白被單是掀揚的浪千層
妻就欹臥如睡蓮一瓣
蹣跚
我是舞遍漩渦而來的那翅蜻蜓
撼亭亭荷柱　點葉葉擎珠
依樣玲瓏的眸色竟帶
淌滴着的斑斑淚痕
怎惜田田　何傷寂寂
濯淨汙泥便濯淨剛毅
是子是實原含結莫辨的苦甘
縱驚濤也鎮制自
十指牢牢的纏扣下

羈魂的〈三探〉寫「我」第三次到醫院探望患病的妻子。細閱全詩內容，我們有以下發現：

比喻：妻子如「睡蓮一瓣」；　　　　　　　　　　　　（明喻）

妻子身上蓋的「白被單是掀揚的浪千層」；（暗喻）

我來探病「是舞遍漩渦而來的那翅蜻蜓」。（暗喻）

於是：我「撼」荷柱，「點葉葉擎珠」來探望躺着的「睡蓮」；

我看見妻子「玲瓏的眸色」帶着「斑斑淚痕」，令人「惜」
且「傷」；

面對病魔「濯淨剛毅」，夫妻倆只有「十指牢牢的纏扣」
去「鎮制」「驚濤」。

擬物：我們細心分析上面的比喻句，不難發現，句子中的本
體和喻體，相似的地方不多，除了妻如蓮花、翻滾的
白被單似千層浪，「我」和「蜻蜓」之間找不到相似的地
方。只因荷塘裏常見「蜻蜓」，於是，「我」就順理成章
化身（比擬成）「蜻蜓」來探問蓮花。所以，詩人實質
是運用了擬物手法來寫「我」探病的情況。

擬物法和比喻法一樣，都向讀者呈現可以繪畫成畫的意
象。將羈魂〈三探〉中所有意象繪畫出來，湊在一起，就成了
一幅很自然、很美好的圖畫：

且慢！你先自己畫畫如何？

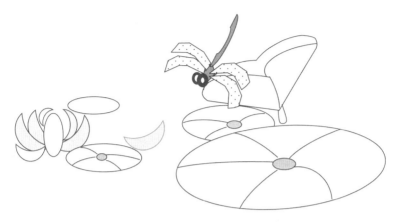

圖解〈三探〉

接下來，我要跟大家分享夏宇的一首「詠物」詩：

詠物　　夏宇

用筆在身體上寫字

年輕的身體

負載着生存的各種慾望

逐漸敗壞

筆呢倒是一隻不錯的筆

無神而且宿命　厭世卻又

縱慾　此刻安安靜靜

喝着杏仁茶

居然

還有一點歡喜

夏宇的〈詠物〉顧名思義是以「物」為詠嘆對象。然而，我們閱畢全詩內容，卻發現作者寫的是活生生的年輕人——「年輕的身體／負載着生存的各種慾望／逐漸敗壞」。這「逐漸敗壞」的年輕人，每天只知用「不錯的筆」在自己身體上「寫字」、描繪——畫眉、化妝，喝杏仁茶美白去斑抗衰老，飽食終日，百無聊賴，「無神而且宿命 厭世卻又／縱慾」。這個「活物」非但不自覺頹廢，「居然／還有一點歡喜」。至此，我們恍然大悟，夏宇的〈詠物〉詩，是最老實不客氣的將人當「活物」來寫，是挖苦、是抨擊！〈詠物〉在行文、內容上其實並沒有運用比擬手法，詩人只是在詩題上做文章，開宗名義的將人「物化」，是語出驚人、教人不寒而慄的「擬物手法」。

⊙ 練習

運用比擬手法寫詩並不難。我們可以信手拈來，找身邊的事物來作練習。比方，找一個玻璃水杯，斟一杯白開水。然後每人手執紙筆，大家圍着白開水，作「擬人句」造句練習，想像自己就是眼前那白開水……

試回答以下問題：

（1）我在哪裏出生的呢？

（2）我怎麼跑到都市來？

（3）途中經過甚麼地方呢？

（4）要經過甚麼手續來麼？

（5）白開水是煮沸過的，我死了？

（6）現在涼了，我還是當初的我麼？

（7）白開水有人要麼？

（8）要來幹甚麼？

（9）我將來往哪裏去呢？

下面是同學的一篇「參考答案」：

白開水　　舒誼

要經過重重波折，花好多錢

從好遠好遠的地方

把我請來

可以滿足你的渴望

為甚麼又要設置防線，過濾（慮）我

替我純潔的身體消毒

用烈火來燒我

然後又冷落我

我知道你是不甘心平淡的口味的

很久很久才勉強來

喝我，你從來不看我一眼

6. 敍事抒情

古人寫詩，有賦、比、興三法，「賦」就是直陳其事，記敍事情的寫作手法；「比」是打比方，用一個事物比喻另一個事物的寫作手法；「興」是從一個事物聯想到另一個事物的寫作手法。我們在第一單元「一語雙關」裏介紹的就是「比」，第二單元「兩個畫面」的寫詩手法，就近似「興」。

這個單元談「敍事抒情」，實在是談「賦」這個寫詩手法。用「賦」手法寫的詩，我們又叫作敍事詩。敍事詩自古有之，新時代又有甚麼新花樣呢？讓我們讀讀葉英傑的〈晾衣〉：

晾衣　　葉英傑

那次搬家，媽媽
常常惦記的是
不要忘了那些
晒衣裳竹。

媽媽打開窗戶，像撐竿跳運動員般
把竹竿稍稍舉高，伸出
向右轉，讓竹竿末端

穿進窗外，外牆另一頭伸出的鐵架

上面其中一個鐵圈裏

「鏗」的一聲發出；接着

到這一邊

也發出「鏗」的一聲。

可以透一口氣了——

把衣物

逐一

套入

晒衣裳竹

攤開。

對面樓的花貓

在窗前散步，尾巴

向上翹起，尾尖向前微彎

但願牠

不會分心。

地下車房的狗

吠了起來

牠是不是發出警告

整個下午

我伏在窗邊的床上，看陽光

在我床上，被一格格方框圍住

起初，方框是一個個

扁扁的平衡四邊形

有一陣子，會短暫撐成

應該的正方，輕撫

會感到燙手。

到了應該把衣衫收回來的時候

衣衫一整天在外面煎熬

都散架了

媽媽把他們撫平，再摺疊好。

　　葉英傑的〈晾衣〉花大篇幅仔細敍述媽媽晾衣，將曬衣
裳竹「穿進窗外，外牆另一頭伸出的鐵架／上面其中一個鐵圈
裏」，再穿另一邊的鐵圈，然後「可以透一口氣了──」，將
「把衣物／逐一／套入／晒衣裳竹／攤開」，晾衣工作才算圓滿。

　　居住高樓大廈，尤其在公共房屋居住的香港人，日常晾
衣是一項十分吃力且危險的工作。將竹竿伸出窗外，再探身
外面晾衣，稍一不慎便失去平衡，晾衣婦連人帶竹一齊墮樓
的意外，在香港時有所聞。原來一個簡單的日常晾衣勞作，
可以危機重重。不過，住高樓要晾衣卻是生活上「必需的危
險」。所以每當要搬家，「媽媽／常常惦記的是／不要忘記了那
些／晒衣裳竹」。詩人細意描述媽媽晾衣的動作神態就變得別
具意義。

比喻

　　大詩人洛夫對敘事詩的寫作要求，有過以下的論述：「敘事詩背後必須具有深刻的內涵，譬如對生命的感悟，對自然與宇宙的觀照」(摘自洛夫〈解讀一首敘事詩 ──〈蒼蠅〉〉)。不過，〈晾衣〉平淡如水般白描媽媽晾衣的舉止動作，沒有歌頌母親的偉大詩句，詩人只是用「平常語」訴說「平常事」，將感情收藏得不著痕跡，一切都顯得那麼自然而然。

　　讓我們整理一下〈晾衣〉敘事抒情的脈絡 (次序)，體會一下詩人是如何選擇敘事對象，以達到他的抒情效果：

1. 媽媽撐竿平衡晾衣

2. 花貓翹尾巴平衡

3. 陽光撐起窗框的投影

4. 我在窗邊的床上看陽光和窗框的投影

5. 媽媽將曬好的衣裳撫平疊好

　　我們發現，除了第 1 項和第 5 項直接記敘「晾衣」，其餘 (第 2 至 4 項) 各項都跟「晾衣」沒有直接的關係。

　　我們小心掀開此詩的白描面紗，便發現詩人從晾衣的日常信手拈來的平凡故事，原來暗藏「平衡道理」，那些與「晾衣」看似無關的事物，絕非無的放矢 ──媽媽高樓晾衣、花貓高樓散步，都危機處處，關鍵在於「平衡」。所以，媽媽要「像撐竿跳運動員」；花貓要「尾巴／向上翹起，尾尖向前微彎」。在高樓成長的「我」，就有一個「像撐竿跳運動員」一樣

強壯、懂得「平衡」的媽媽照顧，便可以「整個下午／我伏在窗邊的床上，看陽光」，「我」在陽光下成長——給「一個個／扁扁的平衡四邊形」圍住。「我」就是那個「應該的正方」、那個「有一陣子，會短暫撐成／應該的正方，輕撫／會感到燙手」的「陽光中」的孩子——「我」「整個下午」都有「平衡四邊形」圍住：媽媽撐起竹竿為我晾衣，照顧我的生活；「陽光」撐起窗框照耀我成長。我們將詩人小心隱藏的比喻關係繪製成表就一目了然：

角色	動作	心思	目的
媽媽	撐竿	平衡（竹竿）	晾衣（生活）
花貓	翹尾巴	平衡（身體）	散步（生活）
陽光	撐（投影）窗框	平衡（四邊形）	照耀（成長）

葉英傑的〈晾衣〉透過記敘媽媽日常晾衣的勞作，歌頌平凡而偉大的母愛。末了，「衣衫一整天在外面煎熬／都散架了」衣服曬乾了，詩人寫媽媽收衣衫也語重心長、語帶雙關：「媽媽把他們撫平，再摺疊好」。「他們」既指衣衫，也指家人、兒女——媽媽為「我」、為家人撫平「一整天在外面煎熬」。生活路上再艱辛、再崎嶇不平，也有媽媽撫慰、「疊好」再奮鬥。這就是「敘事詩背後必須具有深刻的內涵，譬如對生命的感悟，對自然與宇宙的觀照」的地方。

轉化

現在，讓我們讀一首輕鬆一點的敘事詩吧：

看海　　胡燕青

中午，我們坐在岩堆上看海
那暖暖的風繞在葉子旁邊
親暱地耳語

遠方，高掛起的太陽
把昨夜的許多星星
撒落大海一旁
碎了破了，綻開來，碰響着
丁丁簇擁在一隅，
霸去好大幅澄藍呢。
品瑩處，一點流動的黑色
喜悅地航入了星群。

竟是一艘，你說，
忍不住要去撈他幾網的舟子麼？

胡燕青的〈看海〉記敘的情節簡單，可以用圖畫來表達：

圖解〈看海〉

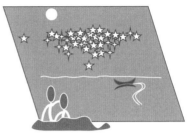

看星星……

比較上面兩幅圖畫，你很快就明白，〈看海〉要記敍、要抒發的感情，其實與晚空下看星星的情況無太大的分別。胡燕青很巧妙地將白天坐在岩堆上看海的情境，轉化成晚空下看星星一樣的浪漫。

我們比較一下〈看海〉與「看星星」：

看海	看星星
海是深藍色的（澄藍的）	晚空也是深藍色的（澄藍的）
海水的光影如星	晚空星光
看海，許願	觀星，許願
撈他幾網，許願	摘星許願

親情從來是敍事詩的表演舞台。且看杜家祁如何透過敍事，抒寫父女情：

父與女·其二　　杜家祁

到底我們是有血緣關係

八叔從廣州來到香港

指定要見我——他將近八十歲的生命裏

尚未見過的親姪女

到底我們是有血緣關係
他一眼就把我從人群中認出來
你笑起來和你父親一模一樣，他說
而他簡直就是父親的翻版
只是更瘦小，但又比較開朗
我不由想着，路人或許以為
他和我也是一對父女

他有他的生命經歷，我有我的
我們都遠在對方的生命之外
即使今天短暫的一次聚會
即使他殷勤地問我工作的內容
還有生活的細節

（哦，我如何向你或者誰
傾吐或談論，生命的
各種煩憂和苦痛）

我冷漠又禮貌地截住了他的詢問
望著那張和父親幾乎一模一樣的面容
——到底我們是有血緣關係
那種熟悉又不耐的感覺
在父親死後十幾年
又準確地重現於我和他之間

〈父與女・其二〉記敘父親去世十幾年後，「八叔」來香港與「我」初次見面的情況，父女濃厚的感情，收藏於叔父與姪女見面的細緻記敘之中。

你大概感受到：

1. 因為「到底我們是有血緣關係」，八叔「他殷勤地問我工作的內容／還有生活的細節」(彷彿去世多年的父親，突然出現在我的面前，噓寒問暖) 而我，卻「冷漠又禮貌地截住了他的詢問」。

2. 此詩記敘我與八叔初次見面，觸發對亡父「熟悉又不耐」的思念之情：

• 「熟悉」是八叔的外貌、問候的內容 (仿如當年的父親)。

• 「不耐」是生疏的八叔，又如多年前父親般囉嗦；是想迴避思念的痛楚。

葉輝就讀出詩人要表達「家事漸見沉潛，傾吐或談論欲言還止⋯⋯麻木背後的隱痛⋯⋯」。這樣寫父女情，我還是頭一次讀到呢。如果說胡燕青的〈看海〉是形式上的「轉化」，那麼，杜家祁的〈父與女・其二〉則給我們示範了內容 (親情) 上的「轉化」。

敘事詩介紹至此，你或者會同意，詩人都擅於選取生活上感人的片段來記敘，感情真摯，毫不做作。的確，不做作是寫敘事詩的首要條件，有人甚至以「冷詩」來形容敘事詩。我還是要請大詩人洛夫出場，詩人於敘事詩的寫作方向，就有過一番透徹的闡述：「一首美學意義下的敘事詩，至少應具

備三個特性：一是處理手法要冷靜、客觀、準確。首先排斥的是激情，由於淡化了鮮活的意象，自然更不應有超越物象的濫情……。其次是借用戲劇手法，敍事詩的語言基本上是缺乏張力的散文語言，戲劇手法有助於結構與氣氛上的張力的增強……三是敍事詩背後必須具有深刻的內涵，譬如對生命的感悟，對自然與宇宙的觀照等，否則這種敍事詩勢必流於庸俗與空洞。」（摘自洛夫〈解讀一首敍事詩——〈蒼蠅〉〉）

敍事詩要求「冷靜」，詩人不取「比」、「興」抒情，而求諸「賦」（敍事），用記敍手法來寫，那是因為我們感受事物，從來就是「由事而來」。詩人寫敍事詩，就是想將曾經感動過自己的事物，透過記敍重新呈現在讀者面前，讓讀者親歷其境，然後被感動，詩何言哉？這就是敍事詩的「強項」。

至於敍事詩與戲劇手法結合，那是因為敍事往往涉及交代「情節」，倘細心重閱上面介紹過的諸敍事詩，你不難發現，全詩除了有精心的情節安排外，往往在詩末，詩人都刻意將情節推向高潮，或給一個意料之外的結局（結句）；或將情感推到一個新的高峰。例如葉英傑的〈晾衣〉詩末説「衣衫一整天在外面煎熬」、「媽媽把他們撫平，再摺疊好」，簡單的「晾衣」忽然添了弦外之音；杜家祁的〈父與女〉詩末幾句，就是全詩的靈魂：「到底我們是有血緣關係/那種熟悉又不耐的感覺/在父親死後十幾年/又準確地重現於我和他之間」，千言萬語，盡在這幾句平凡的敍述當中。父女之情，從來就「熟悉又不耐」，相信你也會有同感。這些詩，都符合洛夫所謂

「敘事詩背後必須具有深刻的內涵，譬如對生命的感悟，對自然與宇宙的觀照」的要求。

獨白

敘事詩旨在還原「事發經過」。不過，有些「事」往往不在外面，而在我們的內心，讓我們讀讀梁秉鈞的這一首：

中午在鰂魚涌　　梁秉鈞

有時工作使我疲倦

中午便到外面的路上走走

我看見生果檔上鮮紅色的櫻桃

嗅到煙草公司的煙草味

門前工人們穿着藍色上衣

一群人圍在食檔旁

一個孩子用鹹水草綁着一隻蟹

帶牠上街

我看見人們在趕路

在殯儀館對面

花檔的人在剪花

在籃球場

有人躍起投一個球

一輛汽車響着喇叭駛過去

有時我走到碼頭看海

學習堅硬如一個鐵錨

有時那裏有船

有時那是風暴

海上只剩下白頭的浪

人們在卸貨

推一輛重車沿着軌道走

把木箱和紙盒

緩緩推到目的地

有時我在拱門停下來

以為聽見有人喚我

有時抬頭看一幢灰黃的建築物

有時那是天空

有時工作使我疲倦

有時那只是情緒

有時走過路上

細看一個磨剪刀的老人

有時只是雙腳擺動

像一把生銹的剪刀

下雨的日子淋一段路

有時希望遇見一把傘

有時只是

繼續淋下去

煙突冒煙

嬰兒啼哭

路邊的紙屑隨雨水沖下溝渠

總有修了太久的路

荒置的地盤

有時生銹的鐵枝間有昆蟲爬行

有時水潭裏有雲

走過雜貨店買一枝畫圖筆

顏料鋪裏有一千罐不同的顏色

永遠密封或者等待打開

有時我走到山邊看石

學習像石一般堅硬

生活是連綿的敲鑿

太多阻擋，太多粉碎

而我總是一塊不稱職的石

有時想軟化

有時奢想飛翔

　　梁秉鈞的〈中午在鰂魚涌〉主要記敘「我」因為工作疲倦
而「到外面路上走走」，排解鬱結情緒的情況。全詩內容盡是
詩人於散步沿途所見的人和事的內心獨白，「雜然前陳」在我
們面前。值得我們留意的是詩中眾多「有時」句子構成的獨特
語調和內涵，那些讀起來平淡、平易，親切如閒話家常的「有

時」句子貫穿全詩，最好用來紓緩緊張不安的情緒。

「有時」可以作「往往」、「常常」、「時常」解。例如我們說：「生命有時很脆弱」，就等於說：「生命往往很脆弱」、「生命常常很脆弱」、「生命時常很脆弱」。我們隨詩人「到外面的路上走走」，盡是大家司空見慣的生活日常：「生果檔有鮮紅色的櫻桃」、「煙草公司有煙草味」、「工人們穿着藍色上衣」……那是我們日常生活的「合理常態」吧？理所當然的事物變成了紓緩鬱結的良藥，生活「有時」（常常）就是這麼簡單、自然而然。

「有時」也可以作「偶爾」、「不經常」解。例如我們說：「生命有時很脆弱」，就等如說：「生命偶爾很脆弱」。我們「偶爾」工作累了鬧情緒，便「到外面的路上走走」，看櫻桃的鮮紅、嗅煙草的香味、看花看海看天空……生鏽的剪刀「偶爾」要磨一磨，走（工作）累了的雙腿「偶爾」要休息一下。下雨天無懼「偶爾」「淋一段路」。「總有修了太久的路／荒置的地盤／有時生鏽的鐵枝間有昆蟲爬行／有時水潭裏有雲」，絕處總有生機。生活有「一千罐不同的顏色」、有一千種生計，「密封或者等待打開」。「走過雜貨店買一支畫圖筆」，好讓我們繪畫最新最美的圖畫。

「有時」無論作「偶爾」解，或者作「常常」解，都有安慰、安撫的意思。用「偶爾」來安慰自己，「有時工作使我疲倦／有時那只是情緒」，就是說：偶爾工作使我疲倦，「偶爾」的疲倦好快過去，「偶爾」鬧情緒也是正常的。遇上這個情

況，最好暫時離開自己的工作環境，「到外面的路上走走」就好，一切都會過去的。如果用「常常」來安慰自己，則「有時工作使我疲倦／有時那只是情緒」，就變成工作使人疲倦、使人鬧情緒是常事，理所當然，人人都會遇上。只要你「到外面的路上走走」，看大家都在各自忙碌、默默工作，就明白生活從來就這麼過，沒甚麼大驚小怪的。明白了，人就變得成熟。

不過，到外面走了一圈之後，詩人在結束此詩的時候卻不說「有時」，而是語氣堅定地說自己「總是」「一塊不稱職的石」，抵受不了「生活連綿的敲鑿」和「太多阻擋」、「太多粉碎」。於是，常常、「有時我走到碼頭看海／學習堅硬如一個鐵錨」，對抗生活的風雨；「細看一個磨剪刀的老人」，學習磨礪自己生銹的雙腳；「有時我走到山邊看石／學習像石一般堅硬」。然而，我們畢竟不是石頭，總有「想軟化」、「奢想飛翔」的時候。因為「有時」、因為「奢想」，生活便有了色彩、便有了這首詩。

梁秉鈞的〈中午在鰂魚涌〉以「獨白」向我們示範了敘事詩的另一個寫作方向，那是由現代都市人「有時」的「心事」譜寫出來的詩篇。

⊙ **練習**
....

學生寫敘事詩，最容易取材於日常生活：

躲貓貓　　　彩瑜

姊姊和妹妹玩躲貓貓

姊姊問：

「躲好了沒有？」

妹妹答：

「躲好了」

姊姊找了很久，沒找到妹妹

心生一計，又再問妹妹：

「躲好了沒有？」

妹妹在衣櫃裏大聲答：

「躲——好——了——」

姊姊找着妹妹了

妹妹問：

「姊姊怎知我在衣櫃的？」

「哈！哈！哈！

一隻老貓在奸笑

　　在我們的日常生活中，從來不乏有趣的事情。你就試着把它記下來，記住要安排好故事的情節，那就是一首敘事詩了。

7. 神秘戲劇

　　今回要給大家介紹「戲劇」的寫詩方法，顧名思義，是新詩取法於戲劇的表現手法。戲劇以故事情節、人物個性、語言行動的衝突來取悅觀眾。新詩的「戲劇」手法，也異曲同工。由於戲劇不離情節安排，所以這類「戲劇詩」也無可避免要與敍事相結合，這一點，在前面的「敍事抒情」單元裏已提及過。有人説：「沒有衝突就沒有戲劇」，那麼，運用戲劇手法寫詩，又如何去編寫「衝突」故事呢？

矛盾

　　2003 年「沙士」期間，我目睹一個頗具戲劇效果的場面，我把它記錄下來：

散學禮上　　　陳永康

就像參加秘密集會

大家守口如瓶，掩面

進場，表情看不見

誰要泄露口風？當校長還未

開腔，仍是那句老話

「天下無不散之筵席⋯⋯」

不見茶點

散學禮上

大家就用眼睛吃

熟悉的禮堂，校園

原是一個溫室

外面的世界很凶

甚麼時候都可以回來避避

的確

大部份的畢業生沒有戴口罩

安心聆聽

校長最後的訓話

他

領着廿多雙關切的眼睛

在禮堂，在講台上

在口罩背後

目送

所有畢業生，魚貫

步出

校門

⋯⋯

為了我們的校園

明起

停課十天

李子sin 在 28/3/03 畢業禮上

後記：2003 年 3 月 28 日中五散學禮上有感，並
繪速寫為記。近日非典型肺炎肆虐香港，為免惡
疾在校園內傳播，教育當局宣佈明天起全港中小
學停課十天。為了防止疾病，散學典禮上，校長
和全體老師都以身作則戴上口罩。散學禮上也沒
有了常備的茶點，以策安全云。

　　如詩的後記所云，〈散學禮上〉寫於 2003 年 3 月 28 日，
「沙士」襲港，人心惶惶的時候。對於提早舉行畢業典禮的中
五級學生而言，心情更加沉重。「散學筵席」沒有茶點、沒有
笑臉，「大家守口如瓶，掩面」，老師們只露出一雙眼睛。散
學典禮在簡單而嚴肅的氣氛下匆匆結束，校長帶領一眾老師
「在口罩背後／目送／所有畢業生，魚貫／步出／校門」。原以
為學校「原是一個溫室／外面的世界很凶／甚麼時候都可以回

來避避」。不想,在這風雨飄搖的時刻,學校宣佈:「為了我
們的校園/明起/停課十天」。

如果說「戲劇」必須有「衝突」,那麼,〈散學禮上〉的「衝
突」就表現在矛盾的故事情節裏,下面簡單列出此詩的「矛盾
元素」:

散學筵席(天下無不散之筵席)		沒有茶點的筵席
畢業典禮上,歡送、道別	⇨ 矛盾 ⇦	守口如瓶、掩面
校園是溫室,甚麼時候都可以回來避避	(衝突)	停課十天(不得回校)

意外

除了利用「矛盾」製造「衝突」,詩人講故事還愛出其不
意,給讀者製造「意外」,也是營造衝突的常見手法,讓我們
讀讀林煥彰的〈公雞生蛋〉:

公雞生蛋　　林煥彰

天暗暗,地暗暗,

公雞說:

喔喔喔,我要生蛋!

喔喔喔,我要生蛋!

喔喔喔,我要生個好蛋蛋!

天亮亮,地亮亮,

公雞跳到屋頂上:

喔喔喔，出來了！

喔喔喔，出來了！

喔喔喔，真的出來了！

我生了一個好大好大的金雞蛋！

　　讀林煥彰的〈公雞生蛋〉，光看詩題就讓人樂了，那是寫給小朋友讀的詩。此詩以跟兒童講故事的口吻寫成，作者大量運用疊字，如「天暗暗，地暗暗」、「天亮亮，地亮亮」，盡顯童真之餘，也營造了神秘氣氛。大量的擬聲詞如「喔喔喔」，生動可愛。到底公雞如何生蛋？「天暗暗，地暗暗」，是違反天理的叫囂吧？不料，由「天暗暗，地暗暗」叫到「天亮亮，地亮亮」的公雞，到了最後，果然叫出來了！公雞「生了一個好大好大的金雞蛋！」喔，我的媽！公雞生的「金雞蛋」原來是太陽！

　　對於〈公雞生蛋〉的戲劇性結局，想必沒有哪個小朋友不給樂壞了，就是忘記了故事的不合理，童真就愛天馬行空、愛不講理，哈哈哈……

　　利用「意外」結局營造戲劇效果的，還有鄭愁予的〈錯誤〉：

錯誤　　鄭愁予

我打江南走過

那等在季節裏的容顏如蓮花的開落

東風不來，三月的柳絮不飛

你底心如小小的寂寞的城

恰若青石的街道向晚

跫音不響，三月的春帷不揭

你底心是小小的窗扉緊掩

我達達的馬蹄是美麗的錯誤

我不是歸人，是個過客……

　　鄭愁予的〈錯誤〉故事裏有兩個角色：一個是「打江南走過」的「我」；另一個是「等在季節裏的容顏」，樣子如「蓮花開落」的女子。這是一個關於「經過」的人和一個在「等待」的女子的故事。此詩首節並沒有交代這兩個人的關係，詩人將首節兩行詩句挪後，作「引子」、「序幕」。詩的第二節、第三節內容頂格排列，好戲正式登場。

　　第二節和第三節主要從「我」的角度，想像「你」在等待的痛苦：「東風不來，三月的柳絮不飛/你底心如小小的寂寞的城/恰若青石的街道向晚」，「你」要等的人始終沒有歸來，「跫音不響」，「你」唯有把自己（的心）關起來——「春帷不揭」、「窗扉緊掩」，重投漫長的寂寞生活……不料，窗外傳來「我達達的馬蹄」聲，引發「你」「美麗的錯誤」——終於盼到了！全詩結句「我不是歸人，是個過客……」，卻一下子讓「你」空歡喜一場，將思婦的哀愁進一步推向高潮，戲劇性的結局教人同情，也對世事弄人發出無限唏噓。不過，讓讀者

更加意外的是，據作者自述，〈錯誤〉其實是一首「反戰詩」，主要反映戰亂下的等待與無常……

　　〈錯誤〉的戲劇效果，還得力於其用語的「古典美」與「現代美」的「矛盾結合」。作者刻意運用大量傳統中國詩文慣用的詩語，諸如「東風」、「柳絮」、「青石」、「向晚」、「跫音」、「春帷」、「窗扉」、「歸人」、「過客」等等。詩中的「東風不來」、「柳絮不飛」、「跫音不響」、「春帷不揭」，也是傳統的四字詞、對偶句的節奏。「你底心如小小的寂寞的城」一句中，詩人將五四時代流行的「底」字，與現代漢語的「的」字並用，刻意留下語言新舊時代交疊的痕跡。

　　〈錯誤〉的「新奇語言」，還表現在對語言的創新與嘗試。「你底心如小小的寂寞的城」，以「城」喻「心」，比喻新奇；「美麗的錯誤」刻意錯配矛盾詞語，予人新奇的矛盾美。那些恰度的歐化句子，也替此詩增添了獨特的修辭效果。例如倒裝句「那等在季節裏的容顏」，還原語序就是「那在季節裏等的容顏」。「等」字提前，收強調作用；又如倒裝句「恰若青石的街道向晚」，以「向晚」收結，強調「等待」的向晚，也與下文諸行，同樣置於句末的「不揭」、「緊掩」乃至「錯誤」相呼應。層層推進的安排，呈現那愈收愈緊的心扉。

　　鄭愁予的〈錯誤〉寫待字閨中的女子；寫戰亂下的等待與無常；寫美麗的錯誤。題材是傳統的、永恒的，也是現代的。〈錯誤〉文白夾雜，新舊交疊，中西結合。用余光中先生的話，就是「綜合的語言」美。

諷刺

　　詩跟戲劇一樣，往往愛反映現實、諷刺時弊，讓我們隨詩人去鹹魚店看「戲」：

鹹魚店（十四行）　　飲江

吊在那裏很久了那鹹魚

上工頭一天我用叉

把它掛起來我便想

這鹹魚肉質彬彬的

任誰都會揀去它吧

但它一天天吊在那裏直挺挺的

一丁點兒鹽也沒見掉下來

今天該有人揀去它了

每天早上看着它每天我都這樣想

我每天都這樣想這樣想

漸漸變成了我每天的希望直到

今天老板過來跟我說

你呆頭呆腦像條鹹魚似的

明天不用上工了

　　一如既往，詩的故事情節牽動我們去追看那條倒霉的鹹魚的收場，結果是戲劇性的「我」被辭退了！替別人擔心，最終受害的竟是自己！可笑的是，那被辭的理由，是「你呆頭呆腦像條鹹魚似的」。「我」的遭遇，正是鹹魚的寫照。都因為

「肉質彬彬」?這就是〈鹹魚店(十四行)〉的諷刺效果,此詩讓人想起弱肉強食的現實社會⋯⋯

擅於營造意外結局,達到諷刺的戲劇效果的詩篇,還有德國詩人格拉斯(Günter Grass)的〈家事〉:

家事　　格拉斯(德)

我們星期日常常前往
我們的博物館
他們新開了一個展覽室
我們流產的孩子
蒼白地,一本正經的胚胎
安坐於樸素無華的玻璃瓶
為他們父母的前途而憂心

格拉斯的〈家事〉是「陌生美」的典範。〈家事〉由淡然始,漸見緊張,詩末戲劇性的意外「收式」教人不寒而慄。此詩記敍「我們」星期日如常前往博物館,去看望「我們流產的孩子」的標本。本來死者已矣,留下哀傷的「我們」,時常抽空去悼念,合情合理。不料,卻看見那安坐在博物館裏的胚胎,「一本正經的」「為他們父母的前途而憂心」的模樣。這是一個怎樣的情況?讀者一下子給這個「衝突情節」、這個反常理的情節、結局嚇得反應不過來。「我們」活在一個怎樣的社會裏?一個流產的胚胎、一個沒有「前途」的孩子,卻「一本正經的」為活着的父母的前途而憂心?

修辭

　　要替故事安排一個意料之外的結局，有時靠一個簡單的
修辭技巧來完成，這是「戲劇詩」才有的優勢吧？讓我們讀讀
這一首：

我看見他　　鍾玲玲

我看見他

從房間

跑了出來

我看見他的長髮

依舊是

輕輕的靠着

他右邊的眉毛

我看見他白色的襯衫

和米黃色的長褲

我看見他站立在

我們面前

我看見他的臉

正向着你

微笑

我看見他走了

我看見他的眼睛

也不曾

看見過我

我看見你

好像想

跟我説話

我就把我的頭移開

同時我也知道

在什麼地方的一條河裏

正弄翻了一艘

破船

　　這是一首情詩。全詩詳細敍述「我」看見「他」的種種，當中還夾着一個「你」。你能理出他們之間的關係，以及故事的端倪嗎？

思考練習：

問題	參考答案
「我」為何看「他」？	愛他/追究他
「他」的眼睛，因何不曾看見過我？	內疚/故意避「我」
「我」與「他」可能是甚麼關係呢？	情侶/「我」暗戀「他」
「他」與「你」又是甚麼關係？	伴侶/新伴侶/好朋友
「你」想跟「我」説甚麼呢？	解釋「你」與「他」在一起的緣由
「我」為何把頭移開，不想聽？	傷心，不想面對/恨「你」
「我」明白了一切，所以不想聽？	米已成炊，於事無補，免傷心
到底「我」知道了甚麼？	有人移情別戀/「他」對「我」無意

全詩最關鍵的答案（謎底）是甚麼？	翻了船（情海翻船？）。脆弱的感情（破船）遭波折
為甚麼作者/「我」給這樣的答案？	增強戲劇效果/想像空間
怎理解「一條河裏，弄翻了一艘破船」？	比喻/借喻；戲劇性結局/答案耐人尋味
詩中三人之間，到底發生了甚麼事？	「我」與「他」本是情侶，如今有人移情別戀，情海翻船。或「我」暗戀「他」，「他」卻與「你」要好，「我」情難堪。或「你」知「我」情，「你」或對「他」無意，卻無可奈何，且傷了「我」的心。

我們一口氣讀了許多具戲劇效果的敍事詩篇，手法不盡相同，都異曲同工。人生如戲，每個人在不同階段、不同場合都扮演着不同的角色，我們既是戲中人，也是看戲的觀眾。有些戲不能不演，有些戲不看也罷，詩人寫「戲」，是要分享心得，那些值得我們一再重溫的好戲。

⊙ 練習
．．．．．．．．．．．．．．

下面是一位同學的「戲劇詩」，作者要我們看甚麼戲碼呢？你自己猜吧：

無題　　子晴

寺院裏，木魚咯，咯，咯

齋堂前，麻雀跳，跳，跳

噹，噹，噹
和尚開飯了

呼──
麻雀飛走了

8. 鏡頭變換

　　文學創作，手法自古層出不窮，當中又以新詩最為「善變」。這裏要介紹的「鏡頭變換」手法，其實是一種借用電影鏡頭剪接技巧的寫詩手法。我們知道，電影主要以畫面來交代劇情，詩又喜以意象（畫面）來交代情節。因此，詩借用電影的「蒙太奇」手法，是最自然不過的事。

　　甚麼叫「蒙太奇」呢？那是電影構成形式和構成方法的總稱。「蒙太奇」——是法語 montage 的譯音，原是建築學上的一個術語，意謂構成和裝配。後被借用過來，引伸用在電影上，就是剪輯和組合，表示鏡頭的組接。把不同的鏡頭（片段）有機地、藝術地組織、剪輯在一起，使之產生連貫、對比、聯想、襯托、懸念等等藝術效果，就叫「蒙太奇」。

　　新詩借用電影的「蒙太奇」手法，可以想像，讀詩如看電影，寫詩像拍電影。

照鏡子

　　最簡單的「鏡頭變換」手法，可以由照鏡子的小把戲開始。我們讀一首胡燕青寫的小詩：

歲月之選　組詩（節選）　　胡燕青

（二）初晴
—— 事業

水窪分佈在平台上
天也一片一片地
分佈在平台上
小鳥在天空裏洗澡

　　相信你不難從詩中找到「鏡子」吧？那是下雨天，平台上
積水成窪，照見了上面的天空。這時，小鳥飛來嬉水，讓多
情的詩人看在眼裏，就成了詩末一句「小鳥在天空裏洗澡」。
我說此句是全詩最有趣味的一句，既因為鏡子的錯覺，也因
為鳥能飛，也真能在天空洗澡。再看詩題，更能配合「事業
初晴」、洗滌霉運、迎接新氣象的寓意。

轉接

　　電影常常喜歡利用「淡出」和「淡入」的「蒙太奇」手法
來交代場景的變換，新詩也常借用這種手法來交代場景、內
容。我們讀讀王良和的〈魔鬼魚〉：

魔鬼魚（節錄）　　王良和

釣到了
一條巨大的魔鬼魚

......

　我像個放風箏的小孩

　牠是隻遠遠收不回的風箏

　〈魔鬼魚〉描述小孩釣到了魔鬼魚的情況。詩末兩句，詩人將釣魚比喻成放風箏，當中就運用了「蒙太奇」手法，詩人巧妙地將魔鬼魚「變成」風箏：

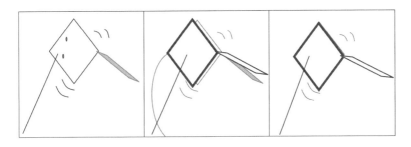

　這種魔鬼魚「淡出」、風箏「淡入」的手法，令讀者在視覺上產生「錯覺」，最終令文中的比喻手法，自然而然，具說服力。

連接

　還有一種十分常見的連接手法，就是將精心設計好的圖畫逐一依次展現，例如梁秉鈞的〈半途〉：

半途（節錄） 梁秉鈞	連接畫面：
絨紅的葉子上 看見銀白的月亮 空氣逐漸清冷	圖一：葉子月亮
巨石的臉孔晦暗 遠山的輪廓柔弱起來	圖二：石冷山暗
忽然一盞黃燈 點破灰霧的海灣	圖三：海灣黃燈
我們在沒有依傍的山路上 ……	圖四：路上我們

　　〈半途〉甫開場的浪漫氣氛，源自詩人一連串向讀者展示的精彩畫面。鏡頭首先聚焦在葉子上「銀白色的月亮」。然後拉開去，我們看見清冷月色下，巨石開始晦暗，遠山的輪廓也漸漸看不清。忽地，一盞小黃燈點破海灣。然後交代「我們」的行蹤——持燈走在沒有依傍的山路上。這時，天上一個月亮，路上一盞小黃燈；燈月相輝映。

圖解〈半途〉開首

圖一	圖二	圖三	圖四

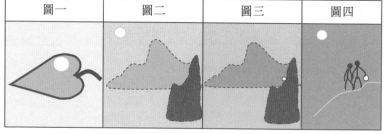

　　〈半途〉簡直可以不必改編，依詩句逐一拍成一段很美的電影片段。

層遞

讓我們讀一首通篇運用「蒙太奇」手法寫成的新詩吧：

佳木斯組曲 · 之一　　鍾偉民

以天地為紙，列車為筆
吟哦半天，滿紙
還是一片茫茫白

紛然筆落，白紙上
去秋牧鹿人的歌聲與串串大雁
彷彿猶冰凝於遠舍的矗矗尖頂

拾荒童小小的雪橇
拉破小小的佳木斯城
小城寂寂，小孩撿煤無聲
烏溜溜的眼眶
框住了白紙上
那已泫泫溶化的風景

你能依全詩內容，繪畫詩中交代的各個鏡頭（畫面）麼？

提示：

✓ 此詩運用了層遞手法，從高空往下拍攝，逐一推進，交代
小小的佳木斯城。

✓ 依內容，可以繪成三個層層遞進的畫面，最末一個是主觀
鏡頭的畫面。

參考答案：

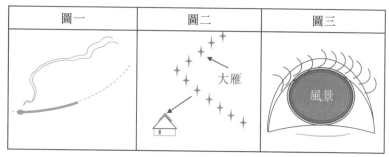

圖一	圖二	圖三
	大雁	風景

　　鍾偉民的〈佳木斯組曲・之一〉是很好的「鏡頭變換」示範作品。此詩甫落筆就以繪畫為喻，寫佳木斯城的雪景，就好比在一張雪白的宣紙上作畫。看詩人如何「以天地為紙，列車為筆」：先是從高空看下的大畫面（圖 1），這時好像甚麼都畫不到，看不到；然後是向下、向前推進的第二組鏡頭：此時「紛然筆落，白紙上」，近鏡頭下，佳木斯城「遠舍的**矗矗尖頂**」就像「串串大雁」，好漂亮的「中景」；再推進鏡頭，是一個令人意想不到的主觀鏡頭：從拾荒童烏溜溜的眼眶望出去，「框住了」的佳木斯城！畫國畫講求墨色濃淡乾濕焦黑，鍾偉民筆下的佳木斯城，層層遞進，由淡而濃；由矇矓到清晰。

　　為甚麼要用「串串大雁」來比喻「遠舍的**矗矗尖頂**」？那是由高空往下看的屋舍頂，積雪往下滑，露出像「十」字形灰黑色的屋脊（圖 2）。沒有親身體驗的作者，一定寫不出如此貼切、動人的比喻詩句。

　　再看那拾荒童烏溜溜的眼眶「框住了」的佳木斯城，為甚

麼作者以「泫泫溶化的風景」作結？我想到小孩水汪汪的大眼睛，混合了外面的風景，就是「泫泫溶化的風景」。或者你想到春暖花開，就自然有「泫泫溶化的風景」。

小小的佳木斯城，是安靜的。詩人有意無意間就吐露了玄機：看「吟哦半天」「還是一片茫茫白」；看「牧鹿人的歌聲」「猶冰凝於遠舍的矗矗尖頂」；看「小小的雪橇」「拉破小小的佳木斯城」「小城寂寂，小孩撿煤無聲」。那純然是一段不需要旁白配音的電影片段。大家只管睜開水汪汪的大眼睛去看便行。就怕你觸景生情而落淚，再次將小小的佳木斯城變成「泫泫溶化的風景」。

虛實

讓我們再多讀一首擅於運用鏡頭變換手法寫成的好詩：

飛蟻臨水　　飲江

風雨前夕

就多飛蟻

父親說

端盤水來吧

哥哥便拖了木屐

躂躂走進廚房裏……

我們看父親

跨上桌椅

解下釣上的電線

把燈泡低垂

於是母親

熄掉別的

所有的燈

我們圍攏

唯一的光源裏

飛蟻蓬亂紛飛

我們一家子的眼睛

水紋上莫名地閃

莫名地笑

許多年過去

父親像一隻飛蟻

飛進另一盤水裏

而我們離開故居

許久沒聽見

木屐的聲音了

小女兒和兒子問起

是爺爺想出的主意麼

人傷感了

一時便不懂得回答

也叫他們

端盤水來

請嬤嬤安坐廳中

然後，把所有的窗打開

把所有的燈熄滅

不是風雨前夕

自然不見飛蟻蓬飛

但我們倒喜歡

點一盞燈

低低垂近水面

聽嬤嬤搖着蒲扇

述説兒時光景

孩子們的眼睛

也像當年我們的眼睛

奇異地閃

奇異地笑

是許多年前的一個夜麼

是許多年後的一盤水

我們像飛蟻飛來

也會像飛蟻飛去

在燈光的下面

在燈光的上面

水紋裏我們看見

自己的眼睛

一家子快樂的眼睛

和曾經盪漾

又永恆地盪漾

至愛的眼睛

〈飛蟻臨水〉講述的是風雨前夕，一家人圍觀飛蟻臨水的故事，全詩透過不同的場景和鏡頭調度，虛虛實實，向讀者呈現「至愛的眼睛」，以反映不同時期的生活溫馨：

場景一

地點：從前的家

情境：風雨前夕，父親示範飛蟻臨水（實寫）

鏡頭：我們一家子的眼睛，莫名地閃，莫名地笑

場景二

地點：現在的家

情境：甚麼時候，父親像一隻飛蟻走了（虛寫）

鏡頭：少了一個人的眼睛，永恆地在心中盪漾；父
　　　親的眼睛（淡出）

場景三

地點：現在的家

情境：不是風雨前夕，不見飛蟻（實寫）

鏡頭：孩子們的眼睛，奇異地閃，奇異地笑

場景四

地點：家（泛指）

情境：甚麼時候，我們像飛蟻飛來飛去（虛寫）

鏡頭：永恆盪漾的眼睛；至愛的眼睛

飲江的〈飛蟻臨水〉就是透過鏡頭調度，帶領讀者穿梭於從前和現在，一起體會一家人圍觀飛蟻臨水；一起圍觀至愛的眼睛。飛蟻臨水，幾經風雨，至愛的眼睛，永恆盪漾。

⊙ **練習**

大家耳熟能詳的一篇古文〈醉翁亭記〉，作者歐陽修在文章首段，就運用了層遞手法來交代醉翁亭。你可以試着參考鍾偉民的〈佳木斯組曲・之一〉作法，將〈醉翁亭記〉首段內容改寫成一首新詩。

在寫作之前，你得先好好理解〈醉翁亭記〉首段內容，並依內容情節，繪畫各個層遞畫面，然後運用層遞法逐一交代、描述。

醉翁亭記（節錄）　　歐陽修

環滁皆山也。其西南諸峰，林壑尤美。望之蔚然而深秀者，瑯琊也。山行六七里，漸聞水聲潺潺，而瀉出於兩峰之間者，釀泉也。峰回路轉，有亭翼然臨於泉上者，醉翁亭也。

參考答案：（層遞法）

編號	層次	內容	聚焦點
1	第一層	環滁皆山也	滁
2	第二層	西南諸峰，林壑尤美	西南諸峰
3	第三層	蔚然而深秀者，瑯琊也	瑯琊山
4	第四層	山行六七里，漸聞水聲潺潺，而瀉出於兩峰之間者，釀泉也	釀泉
5	第五層	峰回路轉，有亭翼然臨於泉上者，醉翁亭也	醉翁亭

參考圖畫：（數目字代表各個層次）

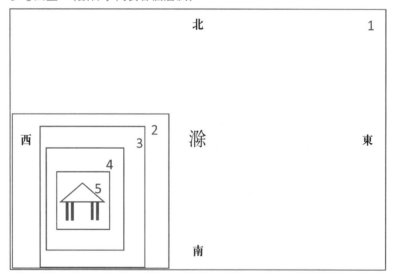

9. 熟悉陌生

不少人抱怨日常生活單調、苦悶，沒有創作靈感；也有人抱怨自己的語文能力低，寫作力不從心，難以孕育偉大而感人的詩篇。因此，以下給大家介紹的與其說是寫詩方法，倒不如說是寫詩態度。我們相信，藝術源於生活，生活造就藝術；簡單的生活蘊藏深奧的智慧，深奧智慧來自簡單的故事。

遊戲

花三分鐘，讀讀下面一首詩，看你能明白多少？

水與冰　　鍾國強

你生活在人與人之間

鬱結的時候，請來

來我粗樸的杯子裏

讓我替你釋疑解憂

在靜靜的水域裏

讓你感覺，縱是有限的空間

還有一點甚麼

細細潛流

向各種可以信賴的方向

讀畢〈水與冰〉，你可以回答以下問題嗎：

a. 詩中的「你」指甚麼？「我」又代表甚麼？

b. 詩人為甚麼要用「鬱結」來形容結冰？可以用其他詞語替代嗎？

c. 為甚麼要用「釋疑解憂」來形容冰塊溶解？改用其他詞語、說法又如何？

d. 詩末「信賴」二字可以用其他詞語替代嗎？

e. 此詩除了寫水與冰，還有其他深層意義嗎？

不少同學都能很快回答 a 至 d 項問題，對於 e 項，則無特別意見。也覺得這首詩淺易，甚或覺得自己也能寫這樣的詩。如果你覺得〈水與冰〉寫得很淺白，也想顯顯自己的創意，可以玩玩下面的改詩填充遊戲：

水與冰　　作者：＿＿＿＿＿＿

你生活在＿＿＿＿與＿＿＿＿之間

＿＿＿＿的時候，請來

來我＿＿＿＿的杯子裏

讓我替你＿＿＿＿

在靜靜的水域裏

讓你感覺，縱是有限的空間

還有一點甚麼

細細潛流

向各種可以 _____ 的方向

以下是填充遊戲的常見「答案」：

水與冰　　作者：__x x x__

你生活在<u>山</u>與<u>水</u>／<u>天</u>與<u>地</u>／<u>男</u>與<u>女</u>／<u>氧</u>與<u>氫</u>／<u>陰</u>與<u>陽</u>之間

<u>著涼</u>／<u>苦惱</u>／<u>怕冷</u>的時候，請來

來我<u>溫暖</u>／<u>安全</u>／<u>美麗</u>的杯子裏

讓我替你 <u>解凍</u>／<u>開解</u>／<u>釋放</u>

在靜靜的水域裏

讓你感覺，縱是有限的空間

還有一點甚麼

細細潛流

向各種可以 <u>快樂</u>／<u>解憂</u>／<u>自由</u> 的方向

知人

玩過改詩遊戲之後，現在收拾一下心情，讓我介紹一下〈水與冰〉的作者——鍾國強。鍾國強是香港詩人，一向積極從事新詩創作，在香港新詩界頗負盛名。出版過的個人詩集計有：《圈定》、《路上風景》、《門窗風雨》、《城市浮游》、

《生長的房子》、《只道尋常》、《開在馬路上的雨傘》、《雨餘中一座明亮的房子》。

我一向勸人讀書、讀詩，要選名家作品、「名牌作品」來讀。目的是免除閱讀誤會，尤其是讀新詩。如果我們挑了一個不入流的詩人的詩來讀，就有機會出現閱讀障礙，以為自己閱讀能力有問題，不知道原來問題出在作者身上，是作者詞不達意。相反，如果看不懂名家的作品，問題肯定出在自己身上，自己便要努力了。所以，對初讀新詩的朋友來說，我主張選名家作品來讀。

〈水與冰〉既是名家作品，不可能寫得如此簡單吧？

我初讀〈水與冰〉就覺得此詩出奇的「淺」。我不服氣，再細讀：「你生活在人與人之間」，如果「你」是水，水「鬱結」成冰，首句就是人與人之間有一塊冰的意思。冰塊融化，「釋疑解憂」，便有「細細潛流」，流去「信賴的方向」，正是回應上文的「人與人之間」。我拿起筆來，依詩中內容，慢慢畫起「公仔」來……

圖解〈水與冰〉

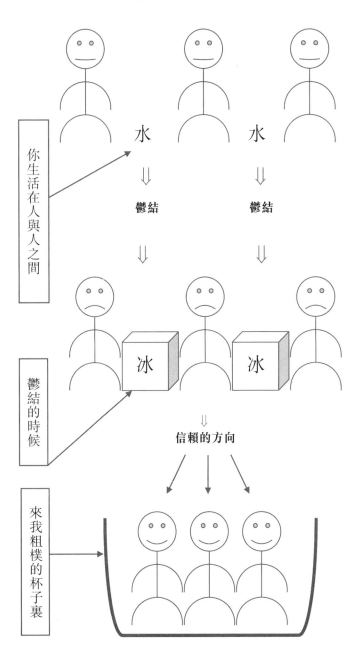

論詩

原來此詩有弦外之音！〈水與冰〉不光寫水與冰，而是借寫水與冰來寫人際關係，細閱圖解〈水與冰〉可見：

✓「人與人」的關係是此詩要抒寫的主題；

✓「鬱結」指人與人的關係不好、大家都不開心；

✓「粗樸」指要改善關係的環境，大家要有一個粗樸的環境，放下機心才能「釋疑解憂」

✓「信賴的方向」如圖中所指，是各人互相信賴。

可見好詩不能改。我設計這個填充遊戲，讓你掉進一個陷阱，實在是想提醒你：以後讀新詩，尤其讀名家寫的「淺詩」，千萬要留心！如果你始終看不出個所以來，那一定是你自己的問題。記住：大詩人是不會寫壞詩的。此外，也希望大家從此學會從身邊的小事物中發掘寫作題材，發現人生大道理。

同樣是冰，落到洛夫手上，變成了另一番情懷：

絕句十三貼‧第四貼　　洛夫

夏蟲望着冰塊久久不語

啊，原來只是

一堆會流淚的石頭

洛夫的〈絕句十三貼‧第四貼〉要抒寫的事物很簡單，詩人不過是將兩種不可能見面的事物——夏蟲和冰塊擺在一

起，憑空編一個故事而已。讀此詩除了讓人覺得夏蟲可笑（復可愛？），還讓我們生出許多複雜的情懷。「人格化」的夏蟲，是詩人情懷的投射，看着「一堆會流淚的石頭」，讓我們想起……

> 想起　久違了的童真？
> 想起　萬物有情，冰塊有情，石頭有情？鐵漢柔情？
> 想起　地球暖化，地球在流淚？
> 想起　不可能發生的事終於發生？
> 想起　終有一天，自己和夏蟲一樣無知？
> 想起　種種因無知而生出的誤解？甚至爭鬥？
> ……

熟悉

　　無論讀詩寫詩，該由熟悉開始，才發現我們一向以為熟悉不過的事物，蘊藏生活大智慧，且看非馬的一首小詩：

磚　　非馬

疊羅漢
看墻外面
是甚麼

　　〈磚〉只有短短三句，主要寫「磚」「疊羅漢」，為的是要「看牆外面／是甚麼」。為甚麼磚要「疊羅漢」才能看見外面的

世界呢？那是因為有「牆」的阻礙。不過，這「牆」是哪裏跑出來的呢？擬人法下的「磚」，是一條糊塗蟲，一個大笨蛋。它不知道（忘記了？），那阻礙自己的「牆」，原是自己一手疊出來的。於是，「磚」愈想看牆外的世界，就疊得愈高。牆愈是疊高了，就愈是阻礙了外面的世界。看來，這場「疊羅漢」「看牆外面／是甚麼」的遊戲，註定要永無休止地玩下去了……

　　讀〈磚〉想起甚麼呢？在我們的日常生活裏，也有像「磚」一樣的大笨蛋麼？想起了牛就在自己的座下，卻到處在找牛？想起許多自尋煩惱的人和事？想起了當局者迷？諸如此類。〈磚〉借「疊羅漢」遊戲，來說明一個簡單的道理，讓人讀了會心微笑，印象深刻。我們不能不佩服，詩人擅於從平凡的「磚砌牆」勞作中，發掘出不平凡的人生道理和詩趣。

　　最後補充一句，詩的原文是由右至左豎排成文的，這樣排列詩句，讓「疊羅漢」更形象化。中間最高的一行，就是一堵高牆，那落在牆外的「是甚麼」三字，看起來就很有趣。

　　讓我們再多讀一首運用類似手法寫的詩吧：

窗　　張默

四周都是風景

有一個小男孩漫不經心地騎在它的脖子上
東張西望

那裏有風景

　　讀過非馬的〈磚〉，再讀張默的〈窗〉，你很快明白箇中的道理和詩趣。〈窗〉內容分三節，首、尾兩節意義剛好相反，前面說「四周都是風景」，後面卻又問「那（哪）裏有風景」？問題的關鍵就落在中間一節文字。中間一節兩行說：「有一個小男孩漫不經心地騎在它的脖子上／東張西望」。那是小男孩騎在窗子上，東張西望，在找風景。找不着，就嚷「那（哪）裏有風景」。

　　我們都知道，窗子除了用來透光，還用來看風景。我們用窗子看風景久了，不知不覺受窗子支配「看風景」。於是，一個房子，有怎樣的窗子，就有怎樣的風景。沒有窗子的房子，就沒有風景。某天，如果我們跑到戶外，像小男孩那樣，「騎在它（窗子）的脖子上／東張西望」，也就跟着小男孩嚷：「那（哪）裏有風景」？

　　「無窗便無風景」，或者「身在風景中而不見風景」，還體現在小男孩「漫不經心」的生活態度上。要看風景，還須打開「心窗」。「東張西望」，「無心」看風景，縱使「四周都是風景」，也只能空嘆「那（哪）裏有風景」！〈窗〉要說的道理和〈磚〉相近，卻向心靈深處多邁了一步。

陌生

　　從熟悉的事物中領悟陌生的道理，用陌生的眼光看熟悉的事物又如何？讓我們讀讀法國詩人波德萊爾的〈魂〉：

魂　　（法）波德萊爾

就像長着野獸眼睛的天使，
我會回到與你幽會的臥室，
我會和夜的黑影為伴，
無聲無息地滑到你的身邊。

我會給你——我的棕髮美人，
像月亮一樣寒冷的吻；
我會給你以蛇的愛撫，
像蛇一樣纏着墓穴匍匐。

等那鉛色的黎明剛欲萌動，
你會摸到我的位置已空，
衾席將一直冷到日暮。

讓別人憑藉一片溫存，
主宰你的生命和青春，
而我呢，我情願憑藉恐怖。

　　讀〈魂〉你會不寒而慄。此詩以第一人稱「我」，訴說與
「你」幽會的情境。「我」是一個「長着野獸眼睛的天使」，並
以「夜的黑影為伴」，晚上「無聲無息地滑到你的身邊」，來和
你幽會。「我」會給你「月亮一樣寒冷的吻」和「以蛇的愛撫」，
又「像蛇一樣纏着墓穴匍匐」。到了黎明時分，「你會摸到我
的位置已空／衾席將一直冷到日暮」，結束「我」與「你」一夜

冰冷的幽會。日暮之後，我將又再滑到你的身邊……

〈魂〉的謎底落在第二節，高潮也落在第二節的末句。為甚麼要挑「夜的黑影為伴」，給「你」「像月亮一樣寒冷的吻」和「會給你以蛇的愛撫」？那是因為「我」要「讓別人憑藉一片溫存／主宰你的生命和青春」。而「我」呢？「我」不會學其他人一般見識，「我」要以獨特的方法，「我」要以「恐怖」來主宰「你」的生命，來攫取「你」的芳心。

原來這是一首情詩！一首示愛的情詩！

一般人向愛人示愛，都千方百計，挖空心思以「甜蜜」、「溫暖」、「美好」的事物取悅對方。你大抵不會想到「冰冷」、「死亡」、「恐怖」吧？以「恐怖」示愛，的確讓人耳目一新，達到「陌生美」的藝術效果。〈魂〉開拓了情詩「冰冷」的新境界。

文學創作往往憑生活上的「一點東西」觸發靈感，這「一點東西」，可以是思想內容的發掘，也可以是作法技巧的開創，〈魂〉是文學創作「陌生化」的典範。將幾近麻木的生活經驗「陌生化」，的確可以刺激創作靈感，讓我們讀讀這一首：

秋　　林亨泰

雞，

縮着一腳在思索着。

而又紅透了雞冠。

所以，

秋已深了。

　第一次讀林亨泰的〈秋〉，恐怕自己要變成詩中的鷄，思索了好一會兒，也摸不着頭腦，詩人寫「秋」，與鷄何干？

　於是我們回頭再讀：全詩分三節，第一節寫一隻獨腳鷄在思索的形象；第二節獨句成行、成一節，寫鷄冠紅透了；末節無端變成「所以，／秋已深了」。要在三節之間找因果關係，我們就想到「紅透」是秋天大自然的面貌，例如滿山紅葉的深秋。但詩中往哪裏去找紅葉？哪裏去找樹木？我們往上看，只有一隻獨腳的鷄。慢着！一隻獨腳的鷄？遠看不就像一棵樹的樣子麼？！

　我們恍然大悟：第一節「樹」在思索，樹上的果子 (鷄冠) 在等待成熟；第二節果子 (鷄冠) 成熟了，變紅了。「而又」暗示「思索」成熟的季節「又」來了，秋天又來了！那是果子成長、成熟的季節；第三節就順理成章說「所以，／秋已深了」！

　讀林亨泰的〈秋〉就好似在玩「腦筋急轉彎」遊戲。我們重讀第一節，自己好容易變成了那隻思索的鷄，這原是詩人預期的效果。我們思索成熟了，詩的謎團也就解開了。所以，第二節既是寫鷄、寫樹、寫秋，也是在寫你和我。詩讀完了，我們也成熟了、想通了。〈秋〉在乎「縮着一腳的鷄」和「鷄冠」的形象美；在乎「思索」的雙關與巧妙。

⊙ 練習

　　有一天，我在巴士上想起寫詩的事來：我們生活在都
市裏，天天都在忙，寫作題材未必難找，反而找個靜心坐下
來、慢慢將醞釀多時的心情寫出來的空間不易。比方現在
在巴士上，想起了有關寫詩的事，這就是一個寫作題材。於
是，我就要急不及待在身上找紙張寫下來：

花時間，縫詩　　陳永康

不再是

收拾花布碎

縫花布衫、花被子、花咕呢⋯⋯

的年代了，今天

巴士上

匆匆

在一張紙碎上，撿來的

花時間

縫了

這

首

詩

　　〈花時間，縫詩〉要表達的意思是：我們利用日常生活
中的「零碎的時間」（比方坐巴士時）寫詩，詩則寫在隨便找來

的碎紙張上。那是運用「零碎時間」、「零碎紙張」寫成的一首詩。這情況有點像兒時見過老人家，將平時收集得來的花布碎（布頭），縫製出許多花布衫、花被子、花咕𠱸一樣。詩題「花時間，縫詩」的「花」字有兩個意思：一是利用；二是零碎，花花碌碌的意思。我就順着這個想法，很快縫好了一首詩。

10. 古為今用

　　新詩以「現代詩」自居，自當以書寫現代生活、現代情懷為己任。不過，古今未必「老死不相往來」，讀舊詩、讀舊文章往往可以激發創作新靈感，接下來要給大家介紹的寫詩方法，正是從古詩文中尋找創作靈感，藉以抒發現代情懷的門徑。

遊戲

　　讓我們先來讀讀非馬的一首小詩吧：

猴 1　　　非馬

調皮搗蛋的是你
他們卻去殺那無辜的鷄

莫非他們把你當成猩猩
而惺惺，不，腥腥相惜

　　讀〈猴〉好容易就讓你想起「殺鷄儆猴」這個成語，那是詩末「腥腥相惜」的提示。詩的首節，詩人可憐無辜被殺的

雞，成了調皮搗蛋的猴子的替罪羊。第二節詩人試圖為這錯殺找原因，「莫非他們把你當成猩猩」。的確，猴子長得像猩猩，容易讓人混淆。然而，為甚麼他們不殺猩猩呢？因為「猩猩」和人一樣，都擅長「假惺惺」，都是喜歡血腥的動物？於是，他們「惺惺相惜」、「腥腥相惜」，雞就成了替罪羊！同音字的妙趣，在此詩發揮得恰到好處。

相信〈猴〉的詩思由「惺惺相惜」而來，詩人受語言文字（成語）的啟發，編了一個令人不寒而慄的故事，實在也發人深省。

讓我們再多讀一首遊戲典故的小詩吧：

空城計　為 P 寫給 H　　　夏宇

凡心思猶豫處

皆留一盞燈

整個世界燈火通明

剩個不解人在唯一的暗裏

mon amour，mon amour

在我的心。我的心

（註：mon amour 法語「我的愛人」）

〈空城計〉寫情場上的含羞草、膽小鬼，既不敢向所愛的人表白，又怕人家知道自己在暗戀別人，於是擺「空城計」，以為可以欺人，其實是自欺。

　　我們從此詩的副題「為 P 寫給 H」，便猜得出是 P 在暗戀 H。「心思猶豫處」，就是曖昧、不清楚的地方。P 要掩飾自己暗戀 H 的「醜事」，就要處處避嫌，日常生活避免與 H 扯上任何關係，要與 H 劃清界線。於是，稍有與 H 曖昧的地方都要「留一盞燈」，讓「整個世界燈火通明」，黑白分明，大家看得清清楚楚——「我對 H 沒意思」。然後，P 獨自躲在「唯一的暗裏」自言自語：「mon amour，mon amour／在我的心。我的心」。

　　詩人說 P 是個「不解人」，既可憐，也可笑。擺「空城計」原以為可以免受情網的羈絆，不知道其實是作繭自縛，自投羅網。況且「燈」留得太多，反而更加招人懷疑。你愈是刻意避開某些事情，反而愈容易引起別人的注意。〈空城計〉是夏宇「為 P 寫給 H」的，可以想像，P 的空城計早就讓旁人識穿了。你想起「此地無銀三百兩」的笑話？所以我們說 P 是個大傻瓜。

　　〈空城計〉主要刻畫「不解人」的情場心思，詩人借用諸葛亮的軍事智慧，寫情場上的空城計。「情場如戰場」，此詩示範的卻是一個失敗的戰略，詩人幽了諸葛亮一默，也間接加強了此詩的反諷意味。想一想，我們身邊都有過這類失敗的「空城計」嗎？此詩沒有交代擺空城計的具體故事內容，你可以舉幾個具體的例子嗎？當中或者會有成功奪得芳心的故事。

提升

在介紹新詩範例之前,讓我們先讀讀唐代詩人賈島的〈題李凝幽居〉:

題李凝幽居　　賈島 (唐)

閒居少鄰並,草徑入荒園。

鳥宿池邊樹,僧敲月下門。

過橋分野色,移石動雲根。

暫去還來此,幽期不負言。

顧名思義,這是作者給友人李凝題的一首詩,詩中記敍作者拜訪李凝的幽居不果——「僧敲月下門」,主人不在,且留下「暫去還來此,幽期不負言」的諾言,詩中作者化身僧侶,閒居幽靜令人神往。當中的「鳥宿池邊樹,僧敲月下門」成了後世傳誦的名句。

賈島的「鳥宿池邊樹,僧敲月下門」,落到新時代詩人手上,有了新的意義,且看戴天如何提升賈島的月下門:

月下門　　戴天

月下門的雙扉

緊鎖着

松柏的蒼綠

而且推開了

外來的路

沒有人知道

那裏來的足跡

深深地

在簷前

停過

　　戴天的〈月下門〉「雙扉／緊鎖着」，幽居不見主人，「而且推開了／外來的路」，訪客不必「推」，也不用「敲」。跨行句「緊鎖着／松柏的蒼綠」，巧妙地將「松柏的蒼綠」變成了幽居的主人，難怪有人「深深地／在簷前／停過」，一個讓人神往的隱居處。黃燦然就戴天的〈月下門〉寫過以下評語：「傳達出一種全然孤寂的境界——更勝賈島『僧敲月下門』。不在勝在，無聲勝有聲」，一語中的。

交流

　　在詩的國度裏「舊地重遊」，往往可以發掘詩思。2002 年春，我來到著名的寒山寺參觀。「寒山寺」之所以為人熟悉，今天成為著名的旅遊景點，大抵因為唐代詩人張繼的這首詩吧：

楓橋夜泊　　張繼

月落烏啼霜滿天，江楓漁火對愁眠。

姑蘇城外寒山寺，夜半鐘聲到客船。

所謂「寺以詩興，詩以寺名」，寒山寺因張繼一首〈楓橋夜泊〉而聞名，千百年來，吸引無數遊人前來參觀。到了千禧之後的今天，寒山寺依然香火鼎盛，人山人海。寺外小橋流水依然，只是，無論橋上或河道兩岸，寺裏寺外，都擠滿了遊客，要找個地方拍照留念不易。在既不是「霜滿天」的季節，又不是夜半時分，卻遠遠傳來寺院鐘聲不絕。大家就循鐘聲魚貫進寺。聽導遊説，如今寒山寺入夜之後，都聽不到鐘聲了。那是因為夜半鐘聲擾人清夢，遭附近居民投訴夜夜「對愁眠」，給市政府禁止了。既然夜半鐘聲遭禁絕，白天就千倍奉還。才踏進寺門，前面有一個隊伍繞廊而上，抬頭便是大家趨之若鶩的寒山寺鐘樓，此刻鐘聲迴盪……原來寺院當局「因勢利導」，遊人只要花五塊錢，便可以上鐘樓敲鐘三響，一嘗張氏悽美的詩意云。如今，每逢鐘樓開放時間，寒山寺都鐘聲不絕，響徹四方，就怕你聽得不耐煩——幾乎每分鐘都在響！只有坐鎮收錢的和尚氣定神閒在點算鈔票。

遊寒山寺是要寫詩的，我就直接取用張氏詩中的意象來編一個故事，想像詩人當年的心境，且將眼前所見所聞也寫進詩裏，來一次古今交流：

遊寒山寺有感——寄張繼　　　陳永康

如果那夜

我敲碎了

你的月，捽成

一聲悽厲的烏啼，失眠

是你

早已成了霜的心事

本來可以

摟着漁火慢慢蒸發

江楓依然

你的心卻偏偏

撞上樓上那口鐘

一響就千年，竟然

成了佳釀

只有寺院裏的和尚會嚐

至於那些源源不絕的摩登遊子

就讓他們

去聽

自己複製的

鐘聲

後記：2002 年 3 月尾遊蘇州寒山寺。寒山寺因唐
代詩人張繼〈楓橋夜泊〉一詩而聞名。如今寺內
鐘樓依舊，遊人花五塊錢可以敲鐘三響，以感受
張氏詩意云。

引用

　　最直接、有效的「古為今用」寫詩方法，可能就是從我們
豐富的典故中發掘創作靈感，洛夫就給我們作了一個很好的
示範：

子夜讀信　　洛夫

子夜的燈
是一條未穿衣裳的
小河

你的信像一尾魚游來
讀水的溫暖
讀你額上動人的鱗片
讀江河如讀一面鏡
讀鏡中你的笑
如讀泡沫

　　〈子夜讀信〉分兩節寫成。首節詩人將「燈」比喻成「一
條未穿衣裳的小河」。第二節承接首節的比喻，既有「河」
（燈），便有「你的信像一尾魚游來」。燈下讀信，即如讀魚、
讀鱗片、讀江河、讀水中鏡、讀泡沫。一連串的比喻順理成
章。

　　相信此詩靈感源自古人的「魚雁說」。「魚雁」即為書信，
落到詩人手上，燈下讀信，倍覺溫暖——因為「未穿衣裳」的

燈（河），沒有燈罩遮擋燈火的熱力，所以溫暖；因為燈下讀信如秉燭談心，所以溫暖。此詩第一節巧妙的比喻，給全文打下很好的結構基礎。第二節承接江河游魚之喻，將江河如鏡，讀信疑幻疑真的感受，寫得合情合理。

我們試着還原洛夫子夜燈下讀信如讀魚的「詩路」：

讀信：	信湊到油燈下，讀信（方格內的文字）	讀信中笑容	
比喻 ⇨	你的信像一尾魚游來		如鏡 ⇨ 溫暖
讀魚：	魚順河水游來，讀魚（鱗片內的閃光）	讀水中泡沫	

將〈子夜讀信〉的比喻關係用圖畫來表示應該是這樣的：

圖解「讀信如讀魚」

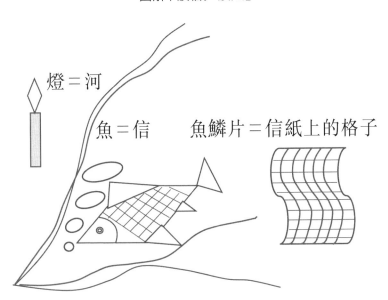

燈＝河

魚＝信　　魚鱗片＝信紙上的格子

⊙ 練習
....

　　洛夫的〈子夜讀信〉靈感來自古人的「魚雁說」，既然詩人只取了「魚說」，那麼，我們就可以依樣畫葫蘆，取餘下的「雁說」來仿作一首類似〈子夜讀信〉的新詩。

　　為了方便構思，我們得先搞清楚讀信如讀雁的比喻關係：洛夫的〈子夜讀信〉有一句「你的信像一尾魚游來」，我們也該有一句「你的信像雁飛來」；魚得順河水游來，雁就要乘風，從天上來；魚有鱗片像信紙上的方格，大雁會在天空上排「雁字」！以下是讀信如讀雁的「詩路」：

信	遠方寄來	信中有文字	低頭讀信	情深
雁	從天上來	「雁字回時……」(李清照) 「雲中誰寄錦書來？」(李清照)	抬頭看雁	盼望

　　將讀信如讀雁繪畫成圖：

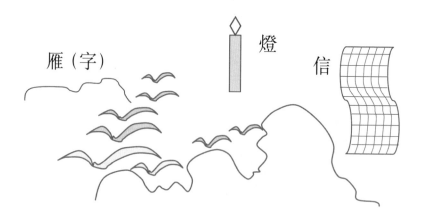

以下是兩位同學的習作：

閱雁　　李寶悅

燈影搖曳

是風的魅影

飄過

信如雁兒乘風而來

一列人的行跡

踏暖天空的每個角落

羽翼稍傾

順着風滑向雲層中

讀雁如讀天空

一片白茫茫

讀信　　陳鈞凱

夜裏點點光明

是一片靛藍的天空

微風寄來雁群

留下人字行行

羽翼輕拍

溫柔的心意

是雨後的彩虹

很快消逝了

　　古為今用實在是一個很好的寫詩門徑，我們有豐富的成語，都可以提供無窮的創作靈感。於是你特別留意「狐假虎威」、「水落石出」、「投桃報李」、「葉落知秋」、「守株待兔」、「閉月羞花」、「每下愈況」、「青梅竹馬」、「朝三暮四」……

11. 散文詩篇

　　有一類新詩的外貌建築與散文無異，因此又叫「散文詩」。顧名思義，散文詩一如散文，詩篇由若干段落組成，打破詩以「分行句子」寫成的慣例。你或者要問：既然「散文詩」要以「散文」示人，為何不乾脆寫散文？既然是詩，為何不直接以詩的模樣示人，偏要穿上散文的外衣？讀羅貴祥的〈在報館內寫詩〉可能找到答案：

自嘲

在報館內寫詩　　羅貴祥

在報館內寫詩，或許這不是一個適當的時間，十條電話線全被佔用，計算機在不斷運行，算出今日的數字，以及明天一篇二千字的稿件大約需要多少版位，大聲的談論世界局勢，亂用比喻去揶揄新聞人物，在筆記、稿紙與文件籮之間堅持放一株浮現葉紋的盆栽，而詩，寫還是不寫？餅乾給咬得劈啪作響，揚起釘在一塊的三份晚報，拍落滿枱裝修工人遺落的灰塵。在報館裏寫詩，很容易便想着社會事件與藝術作品的關連，一件件

密麻麻發生在冷媒介裏的人和事，究竟可以投入多少情感？有沒有溫暖能夠感受？偶然在空出的一條線上撥一個電話，在寒暄和公式的對話之間夾纏不清的與友人聊上一刻鐘，依然在報館內寫詩，伏在自己的寫字桌上搜尋已經氾濫的文字，決定還是不要寫分行的句子，是擔心別人眼光的誤會，或是不想以零星的單行去霸佔寶貴的篇幅？刪去、增補、撕開或者貼上，對文字隨意的揮灑會不會像字房的員工們，整夜都沾上滿手不可近人的墨黑？

羅貴祥的〈在報館內寫詩〉行文流暢，簡單易明。我們好容易就把握詩人要表達的第一層意義：工作忙碌，無暇寫詩嘲風弄月。「十條電話線全被佔用，計算機在不斷運行，算出今日的數字，以及明天一篇二千字的稿件大約需要多少版位」。這是一個政經繁忙的現代國際大都市，大家都「談論世界局勢」、「揶揄新聞人物」，論股市起跌。「餅乾給咬得嗶啪作響，揚起釘在一塊的三份晚報，拍落滿枱裝修工人遺落的灰塵」。誰有空寫「閒詩」？「在筆記、稿紙與文件籮之間堅持放一株浮現葉紋的盆栽」，詩人一語雙關道出「在報館裏寫詩」的困難與無奈。

羅貴祥的〈在報館內寫詩〉反映新時代詩人的迷失與無奈。詩人直言「在報館裏寫詩，很容易便想着社會事件與藝術作品的關連」。不再是詩的年代，現代人過着忙碌、刻板、公式化的生活。我們連電話寒暄都是「公式的對話」，公式化情感、空虛的心靈，如何寫詩？讀詩？「現代詩」作為「冷媒

體」還有現實意義嗎？新時代的詩能引起幾多讀者共鳴？「究竟可以投入多少情感？有沒有溫暖能夠感受？」然而，我們的詩人卻「依然在報館內寫詩」。

在結束〈在報館內寫詩〉之前，詩人進一步展現現代詩的困境。在爭奪地盤、爭發聲權的商業時代，「已經氾濫的文字」充斥整個社會。分行書寫的現代詩顯得不合時宜，「零星的單行去霸佔寶貴的篇幅」不化算、不合經濟原則。「刪去、增補、撕開或者貼上，對文字隨意的揮灑」是一種「浪費」、一種「偷懶」的文字。寫「分行詩」是在「騙篇幅」、「騙稿費」、扮清高……在報館裏寫詩，變成「不可近人的墨黑」。〈在報館內寫詩〉故意「去詩化」，以「散文詩」形式示人，正正要減輕寫詩浪費篇幅的「罪疚感」。此詩在建築形式上進一步加強了反諷、自嘲的效果。

跳躍

羅貴祥的〈在報館內寫詩〉，將「散文詩」的身世說成是商業社會弱肉強食、爭奪文字地盤的結果，容或是賭氣的說話，不能當真。要論詩與散文的分別，我仍要找大詩人瘂弦出場，還記得他那個「鳳爪」和「鵝掌」的比喻嗎？他說：「散文像鵝掌或鴨掌，中間有蹼聯繫；然而詩像鳳爪，中間並不連結，要靠讀者自己連結。」瘂弦的比喻生動有趣地指出詩愛跳躍成文的特性，我們說「散文詩」是詩而不是散文，正是因為這「中間並不連結，要靠讀者自己連結」的特性，我們來讀

讀這一首：

鑰匙與門　　王宗仁

起床後，卻再也沒有勇氣打開門了；因為害怕在那邊等着的，仍是同樣的生活⋯⋯

一句「再見」，一個轉身，瞬間就讓薄薄的面子，成就了牢不可破的厚重的門；而我一直在妳離開生命視線之前，始終無法脫口而出那把開門的鑰匙：「抱歉⋯⋯」

一個吻被鎖在門後，兩個擁抱被鎖在門後，三個安慰被鎖在門後，四個淺淺的笑被鎖在門後⋯⋯無數個昨天被鎖在門後，而我卻被沾濕了雙手，始終打不開門。原來鑰匙孔為了無法堅定誓言的我，忍不住，忍不住流下了淚來。

〈鑰匙與門〉是一首散文詩，此詩分三節以「散文」示人，三節「跳躍」的內容突顯了詩的本質。

第一節記敍「我」起床後「沒有勇氣打開門」，「因為害怕在那邊等着的，仍是同樣的生活⋯⋯」。到底是甚麼生活「等在門後」呢？我們看第二節。

第二節作者卻「跳」去寫「門」而非「生活」。詩人説「薄薄的面子，成就了牢不可破的厚重的門」。原來這不是一般的「門」，而是由「面子」變成的「門」，這是一個奇特的比喻。

獨特的「門」需要非一般的「鑰匙」，那其實是一句簡單的說話：「抱歉……」。這是本節的另一個比喻。

第二節借「鑰匙與門」之喻，點明此詩的題旨。我們整理一下兩個比喻的內涵，就得出一個戀人鬧分手的故事：某天有人向「我」說了「一句再見」，然後「一個轉身」走了。「我」本來可以說聲「抱歉……」，以挽留這段感情。但「我」沒有這樣做，那是因為「我」要「面子」。「面子」彷彿是一扇「厚重的門」，從此隔開了我們。而「抱歉……」這把可以開門的「鑰匙」，「我」「始終無法脫口而出」。「厚重的門」——厚重的面子，遇不着開門的「鑰匙」——「抱歉……」，分手是註定的了。

此詩第三節「跳」回來，回應第一節沒有交代完的「同樣的生活」。因為「我」「再也沒有勇氣打開門」（沒有勇氣說「抱歉……」），就天天將自己困在「門內」。想起「吻」和「擁抱」和「安慰」和「淺淺的笑」，連同「無數個昨天」相愛的時光，都一一被關在「門後」，一切都成為追憶。分手的日子天天都這樣過、不好過。「鑰匙孔」盼不到「鑰匙」來開門，也「忍不住，忍不住流下了淚來」，並且「沾濕了（我）雙手」。詩末作者借「鑰匙孔」流淚，間接交代「我」天天以淚洗臉的「同樣生活」的實況，將失戀的悲痛推至高潮。

王宗仁的〈鑰匙與門〉取材自十分普遍的「分手場景」，詩人卻能以新穎的手法翻出新意。此詩運用了連串奇特的比喻，靈感相信也來自平凡的失戀故事：想像一個失戀的人，

每天起床，開門、外出，將如何面對生活？用怎樣的「鑰匙」去打開未來的「生活之門」？順着這個老生常談的比喻，再發展出「面子之門」，以至開門的「鑰匙」；再由「鑰匙」聯想到會流淚的「鑰匙孔」。詩人借物抒情，可謂信手拈來。

一句說話，一個動作，可以摧毀一段感情，也可以挽救一段感情，足見愛情之脆弱。

讓我們再多讀一首跳躍的「散文詩」佳作吧：

躍場　　商禽

滿鋪靜謐的山路的轉彎處，一輛放空的出租轎車，緩緩地，不自覺地停了下來。那個年輕的司機忽然想起這空曠的一角叫「躍場」。「是啊，躍場。」於是他又想及怎麼是上和怎麼是下的問題——他有點模糊了；以及租賃的問題「是否靈魂也可以出租……？」

而當他載着乘客複次經過那裏時，突然他將車猛地剎停而俯首在方向盤上哭了；他以為他已經撞燬了剛才停在那裏的那輛他現在所駕駛的車，以及車中的他自己。

（註：「躍場」是工兵用語，指陡坡道路轉彎避車處的空間。）

　　商禽的〈躍場〉以兩節文字寫成，行文造句，驟眼看來，與散文無異。不過，這篇「散文」文理混亂，主旨模糊，並不好讀。〈躍場〉見諸不少詩集，本「文」既是詩，我們就要以詩來讀它。詩喜「跳躍」成文，下面是此詩的「跳躍軌跡」：

山路的轉彎處 ⇨ 放空的出租轎車 ⇨ 停了下來 ⇨ 年輕的司機 ⇨ 想起 ⇨「躍場」⇨ 又想及 ⇨ 上和下的問題 ⇨ 以及租賃的問題 ⇨ 靈魂也可以出租？（第一節）

載着乘客複次經過 ⇨ 突然將車猛地刹停 ⇨ 哭了 ⇨ 他以為 ⇨ 撞燬了 ⇨ 他的車，以及他自己（第二節）

　　此詩首節由「出租轎車」到「靈魂也可以出租」，給我們指示了車與人的聯想方向。「躍場」讓出租車司機停下來靜思，他想到「上和下的問題」、想到「租賃的問題」。如果人是「上」，車便是「下」；車子用來出租，人也用來出租？靈魂也可以出租？順着這個思路，我們得出下面的表解：

上	人	有靈魂（工具？）	有理想（墮落？）	人＝車？＝工具？
下	車	無靈魂（工具）	現實物（功能）	人＝車！人墮落 ⇨ 哭！

　　〈躍場〉的高潮落在一個「哭」字上，那是因為年輕的司機，想起自己淪落為任人使喚的工具。出租轎車司機，和他的車子一樣，天天在出租（出賣）自己的靈魂。

　　想像一個剛踏足社會工作的年輕職業司機，每天在繁忙的街道上打轉、接載乘客賺取生活。生活的內容，除了吃

飯、睡覺之外，都給工作佔去了。他發覺自己就像天天陪自己在街道上兜生意的出租轎車──活着就是一個聽別人使喚的工具。他想起兒時有過的夢想，想起從前有過的自由、快樂⋯⋯今天都跑到哪裏去了？成長換來了令人模糊的人生問題，換來了滿眶的淚水！他模糊不清了⋯⋯不過，現實生活卻從不模糊，年輕司機仍要每天為生活而奔波。作為出租轎車司機，滿載乘客專心做生意，本來可以杜絕令人「模糊」的游想。但是，當他滿載乘客，偏偏又經過那片「躍場」──一個可以暫停休息、思考的地方時，就再忍不住悲從中來，「將車猛地刹停而俯首在方向盤上哭了」⋯⋯

新詩以散文或散文的語言示人，目的在於讓讀者將專注力放在「內容」上，而不在逐字逐句的雕琢。〈躍場〉不追求遣詞造句的精奇，以免喧賓奪主。平淡、克制的語言，最容易讓讀者「進入生活」，感受生活、感受藝術。

呼應

愛跳躍成文的散文詩，跟其他文體一樣，也愛與修辭技巧攜手遊戲詩壇，詩人運用修辭技巧，仍不忘跳躍，我很喜歡羅青的這一首：

白蝶海鷗車和我　　羅青

只因為，在趕班車時，偶然，看到一隻，小白蝶

孤獨的，面對一大片起伏不定的屋瓦，挑戰式的

　　飛着，便停了下來──顧盼之間，頓然驚覺

　　竟忘了什麼叫海！

　　不過，車子總還是要趕的，海，也只不過是偶爾
　　想想罷了，當然，有時望着車窗外起伏的建築出
　　神時，冷不防，亦會想出一隻無棲止的，海鷗
　　面對全世界起伏不定的海洋

　　羅青的〈白蝶海鷗車和我〉，記敍「我」趕班車上班時，偶然看到一隻小白蝶。然後又想到大海，想到在海裏棲息的海鷗的事。到底「白蝶」、「海鷗」、「車」和「我」有甚麼關係，詩中並無詳細交代。此詩文氣也「飄忽」，我們先搞清楚各項事物的情況：

角色	身處環境	相同處境	心境/個性
我和車	趕路上班，面對生活	起伏不定？	我進取？我自憐？
白蝶	面對一大片屋瓦	起伏不定	孤獨的、挑戰式的、進取！
海鷗	面對全世界的海洋	起伏不定	茫茫大海，無棲止，自憐！

　　上表清楚列出「我和車」和「白蝶」、「海鷗」之間的相似關係（比喻關係），大家都面對「起伏不定」的生存環境。「我」在「起伏不定」的車子裏，暗示都市人「起伏不定」的生活。雖然處境相近，小白蝶和海鷗卻有着截然不同的心境。「孤獨的」小白蝶無懼「起伏不定的屋瓦」，「挑戰式的飛着」；海鷗本來就在海上棲息，面對「全世界的海洋」，竟自嘆「無

棲止」。那麼「我」呢？小白蝶「挑戰式」的勇敢行為，最先讓「我」「便停了下來」，想起自己也像一隻小白蝶，無懼起伏不定的「職場」，天天在為生活奔波、打拚。

不過，「顧盼之間」，「我」忽然又感懷身世，無端想起了「海」，想起自己又好像一隻「無棲止」的海鷗，孤獨地面對這個洶湧可怖的世界。可幸，「我」很快回過神來，重新振作，繼續「趕車子」面對生活。那些悲觀、自憐的心境，也不過是「出神時，冷不防」，「偶爾／想想罷了」。每天營營役役的你，也有過這樣的心境麼？

將〈白蝶海鷗車和我〉的比喻結構梳理好，就是以下的樣子：

〈白蝶海鷗車和我〉結構圖

孤獨的，面對一大片起伏不定的屋瓦　　面對全世界起伏不定的海洋
起伏不定的生活

我像白蝶！　　　　　　我像海鷗？

白蝶　←──────　我　──────→　海鷗
（挑戰式的飛着）　　　（進取・自憐）　　　（無棲止）

車（還是要趕的）　　　　　偶爾想想罷了
　　　　　　　　　　　　　出神時，冷不防

我們終於可以看清楚「白蝶」、「海鷗」、「車」和「我」，各組比喻之間的呼應關係。原來讀散文詩如尋寶，反過來，寫散文詩便要學會繪製引導讀者尋寶的路線圖。

散文詩解除了「傳統建築」的束縛，看來可以為所欲為。不過，自由的代價就是，我們要替每一首散文詩設計一件新

衣服。那麼，該如何設計新衣呢？相信唯一的方法，就是相體裁衣——因應題材內容，設計一件獨一無二的外衣。

⊙ 練習

我寫過一首散文詩，源於日常教學工作——追學生功課。要知道，一個看似簡單的日常追功課工作，背後可能涉及很多意想不到的問題：可以是學生的學習能力出問題；可以是老師教學出了問題；也可能根本與教學無關，是學生的情緒問題，例如失戀或家庭問題等等。於是，我選了三個熟悉的場景，分三個段落交代我要說的追功課故事：

抗逆　　陳永康

就像一匹受傷的獵狼，放學的鐘聲吞沒了咆哮，喘息是沉重的步伐，很快從二樓後樓梯溜到地下，再撲向正門前樓梯，包抄上一樓。此時，很靜。於是，喘氣。再沿樓梯摸上一樓的禮堂。掩門，掃視。今回是不容有失了，你這Ｘ崽子……

周會又超出了時限，社工姑娘仍興致勃勃給大家講讀書無難度，如何對抗逆境，每個人都有自己的閃光點，我們一齊來掃射。很快就舉辦家長座談會——臥冰求鯉愛子篇，千萬叫你們的父母出席呀。他在吃吃的笑，眼睛閃出詭異的光，射向禮堂門口那頭獸。

陳老師，都開會了，怎麼還在追功課？甚麼會？替老師創造空

間呀，對抗新時代的挑戰。上回說到尊重學生個別差異，就傷透腦筋。尊重該是補底還是保底呢。弄不好就影響持分者問卷、情意及社交範疇問卷的滿足感及成就感常模，還說增值？呀，對了，今天終於收到上頭來外評的信。大家都望向禮堂那邊……狼來了！

　　且以詩人、詩評家葉輝先生對此詩的評語結束「散文詩篇」：「陳永康的〈抗逆〉有三個場面，交織成一個教育工作者所『不能承受的輕』，輕不是沒有重量，而是沉重如日常。」

12. 隱題遊戲

最後要給大家介紹的寫詩方法，我稱之為「隱題遊戲」。

先請大家細心閱讀下面兩首詩，然後找出它們的共通處：

看不見的河流　　樊善標

看你的前額看你的眉

不想芳香的歲月已滑至鼻樑

見面時只顧惜唇齒張合的形狀

的確，當天我們的心思太分散

河堤上誰擲下一束鈴蘭

流向神巫占問不到的水域

直道相思了無益，未妨惆悵是青狂　　吳喜安老師

直線和圓的偶遇

道不出你我的

相識：有解、無解，從此

思念如露珠

了

無目的，流浪，於兀的身上……

益發落泊

未可知的流浪，是

妨礙，是

惆

悵？不！

是淤泥下的……

青蓮，是我的

狂戀。

　　上面兩首詩，又叫隱題詩。顧名思義，隱題詩就是將詩
題隱藏在詩中，比如隱藏在每句的第一個字裏。上面每行詩
句，自上而下，順序讀每句的第一個字就是詩題，於是又叫
「藏頭詩」，這是較常見的「隱題」情況。有些隱題詩，隱題方
法不是一下子可以看出來，大家要花點心思去找出詩題的藏
身處，例如這一首：

致我們終將逝去的青春　　金芷存

致信給即將分離的好友

敘**我**與你流淌過的時光

憶我**們**昔日青蔥的歲月

這一切**終**成封存的回憶

分離和即**將**追尋的未來

祭奠校園中**逝**去的年華

熱血衝動是遠**去**的昨日

承擔面對是成熟**的**今天

我們不再是曾經**的青**澀

用信念揮別離去的青**春**

隱文

或者有人要說，隱題詩只是玩文字的把戲，藝術價值不高。為甚麼有話不直接說出來，偏要偷偷收藏在詩文裏？印象中，接觸過的隱題詩，都跟「謀反」有關：

天生朱洪立為尊

地結桃園四海同

會齊洪家兵百萬

反離撻子伴真龍

清蓮峯起迎兄弟

復國團圓處處齊

大家來慶唐虞世

明日當頭正是洪

原來寫隱題詩別有用心，都有特定的讀者。不過，也有人寫隱題詩只是為了自娛，因為含羞答答：

聽說她愛你　　廖雅翠

聽厭了你給我的歌，

說完了你想說的話，

她比我更需要你，

愛很簡單，

你知道嗎？

　　有話要說不敢說，不說卻又不甘心，於是寫隱題詩騙自己：別說我沒有表白，是你牛皮燈籠「點不明」，然後躲在一角神傷或者暗喜。

藝術

　　寫隱題詩好容易挑起文學創作的老生常談：隱題詩追求「文」、「題」一致，相得益彰，理所當然；有些隱題詩「文」不對「題」，內容與題目是兩個意思；如果「文」與「題」表達出兩個剛好相反的意思呢？不無反諷效果，可能更佳？無論如何，將詩題收藏得不著痕跡，自然而然，可能就是佳作。

　　我寫隱題詩，多半是替畢業學生寫紀念冊。我以為這是一個很有紀念價值的畢業禮物，因為詩中除了有臨別贈言，還包含畢業同學的名字，是量身訂做、獨一無二的詩篇。

　　現在，你可以拿一支筆出來，替下面的詩篇補回詩題：

紀念冊　　陳永康
（填充遊戲：取一支筆出來填填詩題吧）

題目：＿＿＿＿＿＿＿＿＿＿＿＿＿＿＿＿＿＿

　　林海中的你，猶披一身

　　碧綠，原是成長的路標

　　珊瑚在網是明天的事，此刻

　　同你走出安逸的苗圃，終要

　　學會尋自己的路

　　畢竟還是那句作別的老話——

　　業精於勤，莫道

　　了無新意

題目：＿＿＿＿＿＿＿＿＿＿＿＿＿＿＿＿＿＿

　　張開你的雙手，接過

　　凱旋的果實，你的

　　儀態如風車的舞步繞着一個個

　　同心圓……

　　學無止境

　　鵬鳥終要飛出安樂的籠子

　　程序早已計畫好了，乘着

　　萬里無雲的風景，奔向下一個

　　里程碑

題目： _____

> 胡琴拉開了告別的帷幔，你的心事
> 蘊藏在
> 儀態萬千的步履中，再見了
> 前面還有許多要走的路
> 途中還有許多波折要闖，而你
> 似乎胸有成竹，說一聲珍重
> 錦繡前程

題目： _____

> 張開你
> 銀色的翅膀
> 鳳凰要告別溫暖的校園
> 加速度，前面是
> 油亮的新天地

（a）內容配合

替畢業生寫「紀念冊」題隱題詩，內容多圍繞成長、升學、就業和告別校園，且看下面的例子：

> 葉子長得茂盛，是為了傳遞
> 翠綠的芬芳
> 嫻靜，最明白燦爛的心情

同你一起，早就

學曉了在平凡的土壤裏收拾含苞的

力量，為自己

爭一口氣

上升，向更廣闊的天空

游去……

詩甫開首就寫成長的喜悅：葉子長得茂盛，翠綠的芬芳就傳得遠。接着，就轉去寫多年來師生共同努力，一起學習的情況。最終的目標，就是寄望學生能為自己爭一口氣，中五畢業後，順利升學，游向更廣闊的天空。全詩行文、斷句自然，內容幾經轉折，終能一氣呵成，也能滿足寫「紀念冊」的要求。不給你說，可能未必發覺這是一首隱題詩呢。

下面一首是寫給一位預科畢業同學的，內容要求與中五畢業生大同小異。今回特別強調「收成」，以及終要告別的中學校園。依照「程序」，按部就班，下一步就是走向前所未有的大學新生活了。詩末笑看「里程碑，在仰望」，既是告別從前的自己，也是告別師弟、師妹們。他們在仰望，是羨慕，也是要以師兄、師姐們為學習榜樣吧：

志氣原是成長的種子

賢能是收成的內容

同你走出熟悉的苗圃，才驚覺

學校原是要依時告別的落葉，然後是

前所未有的新芽，早就安排好了的
程序，向着
萬里無雲的高度進發，笑看一叢叢嫩綠的
里程碑，在仰望

（b）分行斷句

寫隱題詩，往往要面對硬生生分行、斷句的問題——因為題目所限。寫新詩，分行、斷句可以是一門很複雜的學問。我有一個不成文的分行法則，供大家參考。拿一首短詩來示範：

花甲秋螢　　　陳永康

花時間，一生有幾多個
甲子，我們在
秋天之前，圍在一起看
螢火，夏日裏唱愛的歌

〈花甲秋螢〉寫在〈秋螢〉詩刊復活後第六十期誌慶之日。詩刊同仁為了慶祝詩刊花甲之期，開了一個誦詩晚會，適逢四川賑災，大家又為災民寫詩、誦詩以表愛心。這是此詩的寫作背景。另外，據說螢火蟲多在夏天出沒，很少能熬到秋天。傳說因為相愛的力量，讓螢火蟲撐過夏天，變成秋天的螢火蟲。基於以上背景，我寫此詩，在分行、斷句方面，有以下設計：

跨行句：花時間，一生有幾多個

　　　　　甲子，我們在

理　　解：1）一生有幾多個（人），（肯）花時間（倒裝理解首行

　　　　　　　詩句）。

　　　　　2）一生有幾多個甲子，我們在（一起）。（跨行理

　　　　　　　解：一生有幾多個／甲子）。

依此類推，全詩所有跨行句，可以得出以下理解：

跨行句：甲子，我們在

　　　　　秋天之前，圍在一起看

理　　解：3）甲子（時），我們在（一起）。

　　　　　4）我們在秋天之前，圍在一起看（螢火）。（跨向下

　　　　　　　一行）

跨行句：秋天之前，圍在一起看

　　　　　螢火，夏日裏唱愛的歌

理　　解：5）秋天之前，（我們）圍在一起看螢火。

　　　　　6）（我們）圍在一起看螢火，（在）夏日裏唱愛的歌。

　　現在，你應該知道，全詩各句，都以跨行形式示人的用
心。以跨行形式表達，無非是想利用跨行（待續）的特色，承
上啟下，將前後（上下）兩行的句子連繫起來，製造出多重的
閱讀效果。這是常見的分行、斷句手法。當然，這種手法，
主要考慮詩文內容的安排，並未顧及朗讀效果。要問新詩該

怎樣分行、斷句才好？那是一個可以談得很複雜的問題。篇幅及個人認識所限，不能在此詳談。以上介紹的，我認為是一個可教、可行的方法，謹供參考。

⊙ 練習

寫隱題詩並不難，擅用你的電腦，中文打字有一個很有用的「相關字詞功能」，讓你很快找到想要（或意想不到）的連接字詞，以至通篇內容。

（1）寫紀念冊

（在前面三行首字填上姓名，然後完成首三行詩句，使接續到下面的詩句。）

題目：＿＿＿＿＿＿＿＿＿

心 應 該 是 平 靜 的
想 到 多 年 的 艱 辛
事 業 終 能
成 就

題目:＿＿＿＿＿＿＿＿＿

同 自 己 找 一 個

學 會 享 受 生 活 的 方 法

畢 竟 還 有 許 多

業 餘 搏 擊 ，沒 有

了 結

題目:＿＿＿＿＿＿＿＿＿

同 你 一 起

學 習 走 自 己 的 路 ，此 刻

心 中 難 免

想 到 要 告 別 的

事 情 ，甚 麼 時 候

成 為 日 後 的 眼 淚

（2）**命題詩創作**（請參考提供之「相關字詞」造詩句）

君不見黃河之水天上來　　作者：＿＿＿＿＿＿＿＿＿＿

題目	相　關　字　詞
君	子，主，王，權，子協定，主立憲，主政體
不	過，是，能，少，會，同，要，足，滿，但，斷，僅，得，可，再，必，易
見	到，面，證，解，仁見智，得，報，識，義勇為，效，聞，怪不怪，諒，習
黃	金，牛，色，昏，河，豆，石，埔，海，金海岸，鶯，帝，金時代，蜂，泉
河	川，床，道，流，水，堤，濱，南，山，畔，谷，岸，豚，底，灘，馬，灘
之	後，後，外，前，下，際，中，餘，所以，內，上，時，初，類，於，流，秋
水	準，泥，果，源，質，庫，利，管，溝，產，量，患，電，流，井，稻，仙，漲船高
天	下，氣，宮，然，才，生，安門，空，地，花板，線，主教，時，真，使，公，色，橋
上	午，市，述，漲，級，班，海，升，下，課，任，游，台，前，訴，帝，車，學，癮
來	源，臨，訪，得，不及，到，回，賓，電，此，函，年，信，由，勢洶洶，意，頭，歷

默書好似一頭猛獸　　作者：_____

題目	相　　關　　字　　詞
默	契，默，許，認，然，不作聲，念，思，然不語
書	記，面，法，籍，包，店，寫，院，畫，刊，香，局，本，桌，信，展，架，報，房
好	像，處，奇，轉，評，不容易，看，人，在，意，不，多，吃，朋友，過，漢，運
似	乎，的，地，是而非，曾相識，是，懂非懂，非而是
一	般，直，些，時，定，點，旦，切，樣，再，起，致，路，向，方面，帶，面，律，生
頭	痛，髮，腦，疼，等，大，緒，角，頂，版，家，昏，皮，暈，破血流，獎，巾，紗
猛	烈，攻，然，虎，追，將，撞，進，士，勇，吃，火，推
獸	醫，性，皮，行，骨，類，心

附錄

作品引錄一覽表

章	作者	詩篇	出處
一語雙關	方 群	常春藤	白靈、向明編:《可愛小詩選》,爾雅出版社,民86年。
	余光中	珍珠項鍊	劉登翰、陳聖生選編:《余光中詩選》,中國青年出版社,2000年。
	王良和	和你一起划船的日子	王良和:《驚髮》,山邊社,1986年。
兩個畫面	胡燕青	美孚印象·6 斑馬線	《香港文學》第172期,1999年。
	馬博良	威尼斯一瞥	馬博良:《江山夢雨》,麥穗出版,2007年3月。
	劉祖榮	對面的教堂	劉祖榮:《家》,2007年。
	顧 城	弧線	顧城:《顧城的詩》,人民文學出版社,1998年3月。
信手拈來	鍾國強	利園山道 (節錄)	《城市浮游》,青文書屋,2002年。
	胡燕青	美孚印象·8 地鐵站	《香港文學》第172期,1999年。
	羅 青	許願 (節錄)	羅青:《吃西瓜的方法》,麥田出版,2002年。
	鍾國強	清晨	鍾國強:《圈定》,呼吸詩社,1997年。
	鍾國強	福華街茶餐廳	鍾國強:《路上風景》,青文書屋,1998年。
散點聚焦	北 島	日子	北島:《北島作品精選》,長江文藝出版社,2011年1月。
	鍾國強	四月十二日中午,淮海中路	鍾國強:《路上風景》,青文書屋,1998年。
	鍾國強	地板	鍾國強:《生長的房子》,青文書屋,2004年。
	雨 希	陽光曬在門檻上的日子	《作家》第九期,2001年。
	劉芷韻	分裂	《作家》第18期,2002年。
	夏 宇	擁抱	夏宇:《摩擦·無以名狀》,現代詩季刊社,1995年。
比擬抒情	劉小梅	生活協奏曲	張默編:《小詩·牀頭書》,爾雅出版社,2007年3月。
	洪志明	浪花	白靈、向明編:《可愛小詩選》,爾雅出版社,民86年。
	野 谷	井	仇小屏:《放歌星輝下》,三民書局,民91年8月。
	洛 夫	金龍禪寺 (節錄)	洛夫:《洛夫精品》,人民文學出版社,1999年9月。
	余光中	楓葉	余光中:《白玉苦瓜》,大地出版社,民63年7月。
	羈魂	三探	羈魂:《折戟》,詩風社,1978年。
	夏 宇	詠物	夏宇:《腹語術》,1991年。

新詩 讀 寫 基本法

敍事抒情	葉英傑	晾衣	黎漢傑編：《香港詩選 2013》，練習文化實驗室，2015 年 12 月。
	胡燕青	看海	《詩風》第 103 期，1982 年。
	杜家祁	父與女・其二	《秋螢》復活第 58 期，2008 年。
	梁秉鈞	中午在鰂魚涌	梁秉鈞：《雷聲與蟬鳴》(復刻出版)，文化工房，2009 年 11 月。
神秘戲劇	陳永康	散學禮上	《文學世紀》第 5 期，2003 年 5 月。
	林煥彰	公雞生蛋	落蒂：《詩的播種者》，爾雅出版社，2003 年 2 月。
	鄭愁予	錯誤	鄭愁予：《鄭愁予詩選集》，志文出版社，2007 年 8 月。
	飲 江	鹹魚店 (十四行)	飲江：《於是你沿街看節日的燈飾》，呼吸詩社，1997 年 5 月。
	鍾玲玲	我看見他	黃燦然編：《香港新詩名篇》，天地圖書，2007 年。
鏡頭變換	胡燕青	歲月之選　組詩 (節選)	《香港文學》第 182 期，2000 年。
	王良和	魔鬼魚 (節錄)	王良和：《驚髮》，山邊社，1986 年。
	梁秉鈞	半途 (節錄)	《大拇指》第 1 期，1975 年。
	鍾偉民	佳木斯組曲・之一	《詩風》第 101 期，1981 年。
	飲 江	飛蟻臨水	《突破》總 182 期，1989 年。
熟悉陌生	鍾國強	水與冰	鍾國強：《圈定》，呼吸詩社，1997 年。
	洛 夫	絕句十三貼・第四貼	洛夫：《洛夫精品》，人民文學出版社，1999 年 9 月。
	非 馬	磚	非馬：《非馬的詩》，花城出版社，2000 年 11 月。
	張 默	窗	白明、白靈編：《可愛小詩》，爾雅出版社，1997 年 2 月。
	林亨泰	秋	非馬編：《台灣現代詩選》，文藝風出版社，1991 年 3 月。
古為今用	非 馬	猴 1	非馬：《非馬的詩》，花城出版社，2000 年 11 月。
	夏 宇	空城計　為 P 寫給 H	夏宇：《腹語術》，1991 年。
	戴 天	月下門	《臺港文學選刊》第 12 期，1999 年。
	陳永康	遊寒山寺有感——寄張繼	《文學世紀》第 4 期，2003 年 4 月。
	洛 夫	子夜讀信	非馬編：《愛的辯證・洛失選集》，文藝風出版社，1988 年 9 月。
散文詩篇	羅貴祥	在報館內寫詩	羅貴祥：《記憶暫時收藏・羅貴祥詩集》，川漓社，2012 年 6 月。
	王宗仁	鑰匙與門	《聯合報》副刊，2003 年 2 月 16 日。
	商 禽	躍場	商禽：《商禽・世紀詩選》，爾雅出版社，2000 年 9 月。
	羅 青	白蝶海鷗車和我	羅青：《吃西瓜的方法》，麥田出版，2002 年。
隱題遊戲	樊善標	看不見的河流	樊善標：《力學【　】》，振然出版社，1999 年。

後話

　　古人學詩，除了要知道賦比興，還要熟習各種格式，大抵都有一個既定的教學門徑。至於新詩，表現手法層出不窮，又無既定格式可依循，初學者往往束手無策。本書介紹的「基本法」就試圖向初學者介紹一些讀寫新詩的基本方法。至於怎樣寫好新詩？那是不能速成的。我始終相信：批評能力建基於閱寫經驗。比如你愛批評人家的衣著品味，那批評能力從何而來呢？無非是你看人家穿衣看得多，閱人無數，累積了許多經驗的結果。絕不是你今天學會了幾個「基本法」，明天就有能力去批評人家的詩藝。只有提高賞析水平、寫作水平，才可能提高批評能力。畢竟，學習新詩，就是學習一門文學藝術。文學既是藝術，那就得要多了解藝術的特質，比方文藝創作追求原創價值。我們只有多看人家的作品，有比較才能寫出獨立個性的作品。葉紹鈞〈以畫為喻〉一文裏談的「一點東西」，就是這個意思。我一向認為，多看與藝術創作有關的文章和書籍，就能事半功倍，創作理論往往能刺激思考，甚至可以激發創作靈感。我們寫詩、寫文章為了甚麼呢？為了表現自己的漂亮文筆？奇絕的技巧？還是提

升我們的思考能力？提升我們體察生活的能力，從而欣賞生命？活得更精彩？於是你很快發現，那是一條永遠走不完的藝術之路……

事實上，我們仍有許多問題沒有解決。比方新詩該怎麼分行？怎麼斷句？怎麼把握節奏？還有新詩的語言問題呢？等等，都是要面對、要探討的問題。不過，有些問題，往往要累積大量的閱讀經驗才易明白。我永遠記得一個場合：在一個討論新詩的座談會上，有老師領着學生，向大詩人提問新詩該怎麼分行？例如這幾句為何要這樣斷句呢？大詩人看了看詩文，沒好氣說，這分行很合理吧。不這樣分，該怎麼分呢？然後將詩文遞給旁邊另一位大詩人。那大詩人也連連點頭稱是。於是老師很無奈地苦笑坐下。我很明白兩方面的心情：一個簡單的問題，怎麼就有人敢提出來呢？多讀幾首詩不就明白了麼？你到底讀過幾首新詩？一個簡單的問題，竟也答得這樣含糊，故弄玄虛。所謂新詩，也不過是亂彈琴，扮高深吧？我最關心的是，我們的下一代聽誰的說話成長。

必須指出，「基本法」是一個比較簡單的學詩方法。初學寫新詩，可以從模仿入手，但最終要走自己的創作路。要較全面、深入認識新詩，就要有系統、有目標地去閱讀、去了解。我在前言裏推介以新古典主義的新詩作門徑，可能特別適合深受傳統詩觀影響的朋友。年青一代沒有傳統包袱，容易接受新事物，未必一定要了解新古典主義。總之，選自

己喜歡的詩人、詩作，然後由淺入深，有系統地閱讀，都能獲益良多。其實，本書內的賞析詩篇，也非都來自新古典主義，我喜歡選篇幅短小、內容簡單、技巧淺易的新詩入門。要閱讀與寫作相結合的話，就要選有「法」可依的作品來讀、來學。不過，更多的好詩，往往沒「法」可尋，或者各施各法。大量閱讀這些詩，汲取人家的寫作經驗，看人家怎樣看事物，怎樣思考，然後發掘創作靈感，最後相體裁衣，寫出獨一無二的詩篇。這是讀新詩的最大樂趣，也是寫新詩求進步的動力。

　　末了，我要向所有促成本書的朋友致謝：謝謝不斷催促我寫這本書，並熱心穿針引線的梁志華先生！謝謝匯智出版社羅國洪先生的大力支持！謝謝樊善標先生！謝謝王良和先生！從學新詩，到教新詩，兩位先生於我都有莫大的教益。謝謝關夢南先生！我執筆寫詩，也要感謝關先生多年來直接間接的勉勵。又個人學識所限，本書或有錯漏之處，望各方包涵。

陳永康
寫於嘉湖

「增訂版」後記

　　《新詩讀寫基本法》自 2011 年初版、再版至今，轉眼已經十年。感謝各方讀者以及從事文學教育的老師們多年來的支持！特別要感謝匯智出版社羅國洪先生，在小書圓滿售罄要畫上句號之際，提議替原書注入新內容、換新裝，以報答源源不絕的讀者。

　　《新詩讀寫基本法》(增訂版) 仍集中向讀者介紹寫新詩的方法、「格式」，全書由原來的十個單元，增至十二個單元。每個單元先跟大家一起賞詩，然後介紹寫詩「基本法」，賞詩原是為了寫詩。「增訂版」對個別單元的名稱、內容和出場序，都有較大幅度的修改。個別單元與其說是介紹「寫詩方法」，倒不如說是談「寫詩態度」，或者互為因果吧。篇幅所限，我刪去了原有的「延伸閱讀」書目，在書後附錄全書「作品引錄一覽表」，供大家參考。保留了梁志華先生給初版寫的序文 (但稍作修訂以配合增訂版)，除了有效介紹本書的特色，還包含我寫書的初衷，再次向本書的幕後功臣梁志華先生致謝！

陳永浩

謹識

責任編輯：羅國洪

封面設計：洪清淇

新詩讀寫基本法（增訂版）

作　　者：陳永康

出　　版：匯智出版有限公司

　　　　　香港九龍尖沙咀赫德道2A首邦行8樓803室

　　　　　電話：2390 0605　　傳真：2142 3161

　　　　　網址：http://www.ip.com.hk

發　　行：香港聯合書刊物流有限公司

　　　　　香港新界荃灣德士古道 220-248 號荃灣工業中心 16 樓

　　　　　電話：2150 2100　　傳真：2713 4675

版　　次：2022 年 8 月初版

國際書號：978-988-76155-2-1